Verbum NARRATIVA

LOS CUENTOS DE EMILIO

EMILIO MOZO

Los cuentos de Emilio

EDITORIAL Verbum

Eguilaz, 6, 2º Dcha. 28010 Madrid
Apartado Postal 10.084. 28080 Madrid
Teléf.: 91 446 88 41 - Telefax: 91 594 45 59
e-mail: verbum@telefonica.net
www.verbumeditorial.com
I.S.B.N.: 978-84-7962-457-6
Depósito Legal: SE-2406-2009
Diseño de cubierta: Pérez Fabo
Fotocomposición: Origen Gráfico, S.L.
Printed in Spain / Impreso en España por
PUBLIDISA

ÍNDICE

Los cuentos de Emilio

Me aventuro a desmentir a los que dicen que el cuento está en peligro. A pesar de la poca atención que el mundo editorial le dedica, si lo comparamos con la cantidad de novelas que anualmente se publican en el mundo, al cuento de hoy no le va tan mal como a la poesía. Pese a las continuas denuncias de que el cuento es un género menospreciado, lo cierto es que en la actualidad hay un aumento significativo de sus lectores y un mayor interés por publicarlos, especialmente en Hispanoamérica y España, donde recientemente se han editado numerosas antologías y libros de narraciones breves. Y esto testimonia, a la vista del público y del ámbito editorial, que el cuento como género literario continúa gozando de una excelente salud; prueba de ello es el presente libro, *Los cuentos de Emilio*, ambientado en un pueblo de Cuba, y compuesto por diecinueve relatos estrechamente vinculados a la vida de Emilio Mozo. Estos cuentos en su mayoría están escritos en primera persona, y es precisamente su carácter autobiográfico, el que le da fuerza y credibilidad a los hechos que nos va narrando el autor. La publicación de estos cuentos –algunos de ellos han aparecido en la revista *Sinalefa* de Nueva York– no es únicamente un acontecimiento cultural de gran importancia, sino, además, un intento insoslayable de superar el pasado y dejar constancia de una deuda saldada, que ha sido una preocupación constante entre los exiliados cubanos.

Lo que nos tienta de esta colección de relatos y nos amarra a ella desde las primeras páginas, es, sin dudas, ese abundante caudal de los propios recuerdos del autor-protagonista; las noticias que nos da sobre su familia y sus amigos; sobre las casas y las calles del pueblo en que vive su infancia; sobre la efervescencia social que trajo consigo la implantación de la revolución, y, sobre todo, los sucesos más íntimos –a menudo contados con atrevida sencillez– que se nos revela en medio de un escenario groseramente opresivo.

No deja de llamar la atención que un libro tan cubano como *Los cuentos de Emilio* se haya escrito en Vermont, por alguien que ha vivido la mayor parte de su vida en los Estados Unidos. El objetivo declarado de Emilio Mozo es contar esos episodios más sensibles de la memoria de un pueblo que, de la noche a la mañana, se vio atrapado en el discurso político de un régimen comunista que predicaba la abolición de la propiedad privada, la libertad individual y la obediencia absoluta al nuevo dictador. En muchos de estos relatos se refleja y se refracta la nueva y corrupta sociedad cubana, mientras el lector va recibiendo ese placer de descubrir por sí mismo la atmósfera literaria subyacente, al tiempo que van ocurriendo los acontecimientos más ofensivos de la nueva sociedad.

Emilio Mozo va tejiendo con sus cuentos una delicada malla hecha del más corriente hecho cotidiano, de algo intrascendente como puede ser un "durofrío", una "silla de tijeras", un "beso", una "primera experiencia", etc. Parte siempre de lo mínimo para hallar lo sustantivo y encontrarle un sentido más hondo a las cosas y a los sentimientos que nos va comunicando. El examen del material de estos cuentos nos permite observar dos procesos simultáneos: por un lado el aspecto de la infancia de Emilio, donde nos va dando cuenta de un sinnúmero de pormenores familiares, y por el otro, la transformación social que se va produciendo en todo el país, afectando desde la forma de comer y vestir, hasta la forma de hablar y pensar.

Emilio Mozo ha logrado que algunas de estas páginas sean inolvidables como esas del cuento "UMAP", un relato conmovedor y vívido, que nos narra las peripecias desagradables y humillantes por las que el protagonista es obligado a pasar.

Otro de los logros del libro es que, en cierto modo, el orden del tiempo de algunos cuentos aparece transformado y subvertido en el tiempo del discurso mediante saltos hacia el pasado o hacia el futuro, como es el caso de los últimos relatos: "Monólogo del dictador frente al balcón", "Hamlet tropical" y "César tropical".

También entre las novedades que aportan estos cuentos está la visión social con la que Emilio Mozo caricaturiza el fracaso político del dictador, y en el que todavía –al cabo de medio siglo de monopolio castrista– se encuentran atrapados todos los cubanos. Desde ahora, la perspectiva histórica nos permite hacerle justicia, tanto al autor como a estos cuentos, que –dicho sea de paso– representan abiertamente un desafío para la ortodoxia literaria.

RAFAEL BORDAO, Ph. D.
Columbia University

Travesía de retorno

Para ser lluvia hay que ser largo tiempo nube
F. Nietzsche

La creación literaria y las aptitudes que nos abren la posibilidad de ir en busca de la transrealidad, de lo que acecha tras la visión inmediata, permiten en esta ocasión el viaje de retorno al territorio de la infancia como única posibilidad de todas las nostalgias y opresiones que se agolpan en el tropical corazón del escritor Emilio Mozo.

Los cuentos de Emilio, el libro de relatos que ahora presento, es una memoria del desarraigo y de la derrota del ser humano cuando es sometido a vejaciones e indignidades atentatorias a sus más elementales derechos. Es, también, un canto desolado que desborda la sensorial quemazón de una patria en el abismo, donde la realidad y el sueño se confunden y donde los hechos de la infancia siempre están presentes: "Hacía diez años que no veía a sus padres. La Revolución lo había impedido. El niño del trópico se había convertido en un hombre en un país lejano y frío" ("Las mesas").

Realizar una lectura de la obra de Emilio Mozo sin pretender encasillarla en forzadas clasificaciones, sin constreñirla en previas categorías, nos permite ir descubriendo las sutilezas de su percepción creativa, encontrándose una serie de recursos en equilibrio, sin ostentación, con prosa clara que va construyendo un universo propio. Múltiples son las formas que utiliza para crear una atmósfera cargada de suave –y a veces cual estilete– ironía. Emilio Mozo enfrenta una situación adversa mediante el humor grotesco, lo que le hace estar en posesión de una habilidad para captar a la vez diversas facetas de un mismo fenómeno y destacar entonces sus ambigüedades, contradicciones y absurdos, provocando cierta hilaridad y cuestionados convencionalismos.

Emilio Mozo está saldando –con estos relatos– una cuenta pendiente con el desasosiego, ese indagar constantemente en la memoria sobre la plenitud privilegiada o la herida de la infancia. La ficción de la distancia va así dejando espacios mayores –para beneplácito de sus lectores– a la ilusión de la ficción, al sueño infinito del cual no hay escapatoria posible.

ALFREDO PÉREZ ALENCART
Universidad de Salamanca

La Casa de la Suerte

Papá viajaba; es lo que decía mamá. Nosotros apenas subsistíamos. Fue entonces cuando el Abuelo que tenía negocios, casas y dinero, comenzó a pasarnos una humilde pensión de siete pesos semanales, para ayudarnos, creía yo, y no para humillarnos que era la teoría de mamá.

–Yo, nunca pasaré por su puerta, aunque nos muramos de hambre.

Lo repetía diariamente, testaruda y orgullosa.

Si no fuera por mí, nos hubiéramos muerto, sin duda, de esa aflicción. Todos los viernes por la mañana había que pasar por la tienda de Papaíto –así llamábamos al Abuelo–, un negocio de billetes de lotería llamado "El Cambio. La Casa de la Suerte". Mi hermano mayor, era igual que mamá, y al parecer también hubiera preferido morirse de hambre para no llegar a tan humillante situación. El menor, no sabía ni como cruzar la calle, pero también se negaba a hacer el peregrinaje, siguiéndoles la corriente a mamá y a mi hermano mayor. Cada viernes, la misma vaina. Nadie quería ir. Entonces, me tocaba a mí hacer el viaje a La Casa de la Suerte.

Lo que desconocían ellos era que a mí me gustaba ir donde el Abuelo. Él, siempre pulcramente vestido. Mi Abuelo que olía a Agua de Colonia Vetiver. Me hechizaba su despacho, con su gran escritorio colocado estratégicamente en el centro, cubierto por un vidrio bajo el cual descansaban fotos de los héroes de las guerras de independencia. Siempre me recibió bien, plantaba un beso sobre mi frente y me daba unas palmaditas en el hombro para indicarme que me sentara. Entonces indagaba, aparentando interés, por la situación familiar. Siempre todo era igual y, era, precisamente, esa rutina lo que más placer me causaba. Al final de la visita, sacaba de una gaveta del escritorio una diminuta caja de metal redonda, las Pastillas Valda. Al destaparla, podía ver las pastillas color esmeralda cubiertas de un azúcar cristalizado, que a mí me parecían diamantes. Ese momento fue siempre mágico para mí. Tomaba una. Abuelo siempre decía:

–Coge otra.

De sabor amargo, me causaban un cosquilleo en la garganta que me forzaba a estornudar. Después me entregaba el misterioso sobre amarillo que supuestamente contenía el humillante dinero. A veces, me regalaba diez centavos. Entonces me iba directamente al bar de la esquina y allí, parado entre los hombres en la barra, me comía un bocadillo de salchichón y bebía una Materva bien fría.

Más tarde, al recibir el sobre, mamá rezongaba:

–Tendré que hacer milagros.

Una vez, por desgracia, me enfermé. Mi hermano mayor tuvo que ir a regañadientes, pero desde ese día en adelante nos disputamos la visita semanal al negocio del Abuelo.

Durofrío

Cada verano la misma vaina. Dormir en el sofá de madera sin colchón, observar el vaivén de los enormes senos de la tía Carmelina y, de vez en cuando, jugar en el alcantarillado con los niños del vecindario cuando ella me lo permitía.

Papá siempre me acompañaba cabizbajo a la estación de ferrocarril para tomar el tren que me llevaría a Minas-Pueblo Nuevo. Nada era nuevo. Sólo calles de tierras y casas con suelos de madera en los portales para que la gente no se enlodara durante la temporada de lluvia. Papá me arrastraba con la mano clocada sobre mi cuello, evitando los vendedores ambulantes que proponían empanadas de carne y pirulí, hasta que llegábamos al vagón de segunda que me llevaría a pasar el verano con la tía Carmelina. Papá nunca se despedía. Me situaba ante el vagón y desaparecía.

El viaje a Minas lo definía mamá como tiempo de vacaciones.

–Es para que engordes y tomes mucho sol.

Mi interpretación era diferente, que los tiempos eran precarios y que una boca menos en casa era mejor que una boca más. “Tiempo muerto”, así llamaban a la temporada de desempleo.

La tía Carmelina y el tío Armando eran propietarios de una bodega: el antiguo salón de la casa transformado en lugar de negocios. No había mucha mercancía para vender. Un gran saco de arroz y otro de frijoles negros dominaban el reducido espacio. Varios racimos de plátanos verdes colgaban desde un gancho en el techo. Sobre una gran nevera se había colocado una fila de frascos de boca ancha, repletos de caramelos de diferentes colores. Dos carteles anunciaban: “¡Cerveza Polar. Bien Fría!”. Todavía Carmelina no había inventado los durofríos.

Carmelina era gorda y alta. Tenía una personalidad fuerte, y sólo se le notaba el lado sensible cuando lloraba, lo cual era frecuente cuando se creía sola en la cocina. La historia de su vida nunca fue clara ni transparente. Característico de mi familia, mucho misterio y pocas explicaciones. Claro ejemplo fue cuando mi hermano menor anunció que había descubierto que él era el primogénito. Cuando pedí explicaciones, me respondieron que no había nada que comentar.

–Cállese, mocoso de mierda.

A partir de ese día, celebramos el cumpleaños de mi hermano el cuatro de febrero y no el veintinueve de noviembre.

El tío Armando era analfabeto, guapo y robusto. Un día, cuando no venía al caso, me dijo:

–Carmelina es tu madre.

Una sonrisa siniestra apareció en su rostro. En otra ocasión escuché a uno de los parroquianos de la bodega comentar sobre un bar de putas propiedad de mi tío. La relación entre él y Carmelina era bastante peculiar. Ella lo adoraba, mientras que Armando dependía de su inteligencia natural y de su esfuerzo para sobrevivir. Por las tardes, después de bañarse, Armando recostaba un taburete contra la pared del portal, mientras Carmelina lo peinaba como si fuera un niño grande. El pretendía leer el periódico. A veces lo sostenía al revés, entonces, Carmelina se lo enderezaba para ahorrarle el comentario de algún vecino malicioso.

Carmelina me recriminaba con frecuencia mi condición de raquítico, subrayando:

–Claro, porque has nacido sietemesino.

Estos comentarios frecuentemente terminaban con el pronóstico de que acabaría siendo como mi padre.

–Un bebedor empedernido, un tembleque.

Cuando papá cesaba de beber le temblaban las manos. Creo que es a eso a lo que ella se refería. Sentía resentimiento, sobre todo, cuando criticaba a papá.

Nunca llegué a descubrir lo que Carmelina sentía hacia mí como sobrino. Lo que sí tenía muy claro era que ella no podía tener hijos y que el viaje a Minas-Pueblo Nuevo tenía como propósito llenar de alguna manera ese vacío.

La noche era la parte más interesante de aquellas jornadas sofocantes e interminables. Antes de acostarnos, Armando colocaba una enorme tranca de madera en la puerta, para asegurarse de que nadie viniera a robarnos. A continuación sacaba el revólver de cinco balas de una pequeña caja fuerte que guardaba debajo del mostrador. Lo ponía sobre la mesa de noche. Carmelina, por su parte, sacaba el cuadro de San Lázaro con sus muletas, llagas y perros del escaparate. Lo colocaba en una esquina de la habitación, en el piso, recostado contra la pared. Ponía enfrente del santo una copita de aguardiente y los restos de un puro que Armando se había fumado el día anterior. Una noche pregunté:

–¿Para qué hace eso, tía?

La respuesta fue instantánea:

–Que niño más fresco. Oíste, Armando, las cosas que se le ocurren preguntar al raquítico este.

La tía Carmelina se inventaba cosas para vender en la bodega. Una de ellas fue el durofrío. Extraía el jugo de frutas frescas, como la guanábana o la chririmoya, y los vertía dentro de los moldes que utilizaba para hacer hielo en la nevera. Ya congelados, los vendía a un centavo la unidad. Los clientes más pudientes pedían cinco centavos de durofrío. Los machacaban en un vaso grande con una larga cuchara de metal. El durofrío ganó gran fama en Minas-Pueblo Nuevo y se convirtió en una abundante fuente de ingresos para la familia. Carmelina, sola en la cocina no daba abasto para la producción de la codiciada golosina. Cuántas veces deseé que la tía Carmelina me invitara a tomar un vaso de durofrío. Un día me atreví a pedirlo. La respuesta fue un chasquido con los labios. Interpreté que era algo que yo no merecía.

Los tres primeros veranos que pasé en Minas-Pueblo Nuevo dormí en el sofá. Por la noche la tía esparcía ropa antigua que guardaba en una gaveta para amortiguar la dureza del mueble. La intención de la tía era buena, pero la realidad no se acomodaba a mis movimientos nocturnos. Desde allí, observaba incómodo a la tía Carmelina desvestirse. El mayor interés para mí eran sus enormes senos. Nunca llegó a quitarse el sostén, así que me quedé con las ganas de verlos al completo.

Cuando la economía familiar prosperaba, Armando siempre hacía reformas para mejorar el estado de la casa. Un verano añadió un dormitorio, que estrené en compañía de una prima lejana. Era una guajirita joven que había venido al pueblo a hacer unas compras. Por alguna razón desconocida decidió dormir tal y como la habían parido, desnuda y poco tímida. Esa noche Armando visitó el retrete más de lo que acostumbraba. Al pasar por la puerta de la habitación, comentaba:

–Qué suerte, niño, parece que te tocó la lotería.

No entendí bien el significado de sus palabras, pero su "ji, ji" de hiena me inquietaba. Ya tarde sentí deseos de orinar, pero por miedo al lejano y oscuro retrete desperté a mi prima para que me acompañara.

–Ya estás bastante grandecito para ir solo.

Seguidamente se sumió en un profundo sueño lleno de sonidos extraños. Decidí, consciente de lo que hacía, orinar en las blancas y recién lavadas y planchadas sábanas de la tía Carmelina. Después comencé a llorar, fingiendo un agudo dolor de estómago. Carmelina se levantó y armó un escándalo.

–¡Se había visto cosa igual…! Igualito a su padre.

Pero lo más revelador para mí fue cuando murmuró entre dientes:

–Señor, Señor, qué he hecho yo para merecer un hijo como éste.

Al día siguiente volví a ocupar mi sitio en el sofá, amortiguado por los trapos esparcidos por la tía Carmelina. Como castigo me obligaron a servir de mozo en la bodega. Yo hubiera preferido jugar en el alcantarillado con unos barquitos de papel que me había regalado un vecino.

En una ocasión, un cliente borracho me dijo:

–Idiota, búscame otro vaso que éste está cagado.

Resentido, fui a la cocina a buscar otro. Me abrí la bragueta y froté mi diminuto pene contra el vaso limpio. La tía me sorprendió en el acto, pero no dijo nada. Más tarde la escuché sollozando mientras preparaba el almuerzo.

La televisión llegó a Minas-Pueblo Nuevo alrededor de los años 50. Había un solo televisor en el pueblo y su propietario era el cacique del pueblo. Por la noche su casa se rodeaba de curiosos que miraban a través de las cuatro ventanas de rejas la misteriosa caja redonda que transmitía sueños en blanco y negro. El trayecto desde la bodega de mi tía a la casa del cacique lo realizaba corriendo por los desvencijados portales. Me gustaba el sonido hueco de mis zapatos retumbando sobre las antiguas tablas de madera. Una noche, mi carrera fue interrumpida por una alambrada de púas, colocada por un vecino harto de que yo utilizara su propiedad como atajo para ir y volver. En mi prisa me había arañado la cara y sangraba. Las vecinas salieron a observar el incidente. Carmelina, quien ya se había enterado de la noticia, me esperaba en casa, desconsolada, repitiendo:

–Mi pobre hijito, mi pobre niño.

El incidente lo cambió todo. Cuando yo volvía de mirar la televisión Carmelina me esperaba con un vaso lleno de durofrío. Con una voz desconocida y remota, me llamaba hijito, mientras yo seleccionaba los sabores que más me gustaban. El último verano que pasé con ella. Al subir tren y despedirnos, Carmelina me susurró al oído:

–Yo soy tu madre.

Media Cuarta

Las cosas no andaban bien. Papá estaba metido en no sé qué asunto en la Capital. Años más tarde descubrí que había estado preso por fraude. Sí, la situación era pésima y entre las cosas que más necesitaba era un par de zapatos nuevos. Los que tenía estaban muy dañados por el tiempo y el uso, a pesar de que yo los cuidaba con esmero. Trataba no salir con ellos los días de lluvia y evitaba las piedrecitas impertinentes que se metían dentro del zapato y causaban tanto estrago.

Tenía un padrino llamado Ángel, que era también mi primo. Se destacaba en la familia por ser uno de los pocos que tenía empleo. Era dependiente en una tienda de ropa, "La sin rival". Debo admitir que lo que más me impresionaba de él era su camisa blanca de mangas cortas y una corbata de colores a la que no era necesario hacerle el nudo.

Como Ángel era mi padrino, yo suponía que también era algo así como mi Ángel de la Guarda. Por eso, pensaba yo, pasaba por casa una vez por mes para saludarme e indagar cómo estaba. En realidad, nunca me había regalado nada. Ni un helado siquiera. Imaginaba que la función del padrino era regalarle ropa o juguetes al ahijado; por lo menos así ocurría a los otros chicos del barrio. Lo más parecido a un regalo que recibí de él fue una promesa que me hizo en una ocasión.

Pasó una vez Ángel por casa, como era su costumbre, para la visita mensual. Era un hombre grueso, ni alto ni bajo. Siempre lleno de una energía radiante. Entraba en casa sin tocar a la puerta y gritaba:

–¿Dónde está ese bandolero? Niño dame un beso que voy de paso y no tengo tiempo que perder.

Pero, en esta ocasión, esa breve visita fue diferente. Fijó sus ojos en los míos.

–Mira, niño, soy tu padrino y nunca te he regalado nada. ¿Te hace falta algo?

–Mire, padrino...– Le respondí avergonzado, sin poder terminar la frase.

–No sientas pena. A ver, ¿qué te gustaría, una pelota, un barrilete? Desembucha, ¿qué es lo que quieres?

–Bueno, pues, un par de zapatos nuevos.

Me observó sorprendido –lo cual yo no entendí– y después de una breve pausa me ordenó que me quitara los zapatos.

–¿Para qué?

–Para medirte el pie. Oye, es que tú eres bobo ¿o qué?

Me quité el zapato y como no llevaba calcetines traté de ocultar la rota uña negra del dedo gordo con el deformado dedo vecino. Como la maniobra resultaba algo complicada desistí, entregándole mi pequeño pie tal como estaba.

Tomó la medida poniéndome el dedo gordo de su mano también gruesa en el talón y el dedo más largo sobre mi fugitivo y sucio dedo gordo. Así, extendió la mano sin esfuerzo y exclamó:

–Angelina, es media cuarta.

Mamá respondió con desgano desde la cocina:

–Sí, ya lo sabía.

–Ahijado, serás la envidia del barrio. En menos de dos semanas te pondrás los zapatos más lindos que ojos humanos vieron.

Me plantó un beso fugaz y salió como disparado de la casa. Yo imaginaba que a lo mejor no quería perder tiempo para comprarme los anhelados zapatos.

Pasaron dos semanas, tres y posiblemente cuatro. Yo, esperando.

Una tarde de lluvia descansábamos los zapatos y yo, cuando, de repente, se apareció el padrino. Gritó como acostumbraba:

–¿Dónde está ese bandolero?

–Aquí padrino.

–¿Qué hubo?

–Pues, nada.

–Ganaron los "Yanquis". ¿Te enteraste?

Y sin aguardar mi respuesta, se despidió:

–Bueno mi ahijado, me voy porque voy apurado.

Desde ese día no se mencionaron nunca más los zapatos que mi padrino me iba a regalar. Sin embargo, él continuó sus visitas mensuales sin saber que en casa se le había bautizado con el mote de "media cuarta". El apodo corrió de boca en boca por el barrio. Me enteré cuando un parroquiano me dijo una vez en el bar de la esquina:

–A tu pariente "media cuarta" lo botaron de "La sin rival", por estafador.

La última vez que vi a mi padrino fue cuando vino a visitarme, como era su costumbre, y yo, resentido o no sé qué diablo se me había metido en el cuerpo, muy descarado, en vez de decirle "hola padrino", le dije:

–¿Qué hubo "media cuarta"?

Él se puso lívido y sin responder salió de casa muy despacito, casi en puntillas. Daba pena. Así perdí mi Ángel de la Guarda para siempre. Después, ya mayor él y jubilado de la Telefónica, me enteré, que cuando los niños del barrio querían divertirse sólo tenían que gritarle "media cuarta" y se ponía incómodo como aquella vez en mi casa.

Colonia infantil

Papá trataba de deshacerse de mí. Me obligaba a creer que lo hacía por mi bien, aunque yo no lo interpretaba de la misma manera. La primera vez fue cuando me envió por tres meses a la Colonia Infantil de Pioneros. Tendría yo entonces unos seis años. No era la primera vez que me exiliaban de casa, pero sí fue la primera vez que me di cuenta. Había pasado alguna que otra temporada en el campo con la tía Carmelina y aunque me había costado mucho acostumbrarme a estar lejos de la familia, no me sentía tan solo con ella. Era obvio que Carmelina no me quería pero me daba de comer durofrío de mamey, mientras yo observaba sus grandes senos dentro de su vestido floreado.

Pasábamos por otra época difícil. Papá estaba de nuevo desempleado.

–En la Colonia te van a alimentar bien y vas a respirar aire fresco –me dijo, como disculpándose.

Nos despedimos en la puerta del antiguo cuartel de la Guardia Rural, aferrado a la antigua maleta de cartón que contenía mis escasas pertenencias.

–Vendré a visitarte todos los domingos, sin falta. Abur.

Se confunde. Sólo tenía nueve años cuando llegó a La Colonia. Aquello fue un experimento social creado para rehabilitar a niños y jóvenes que vivían al margen de nuestra Gloriosa Revolución. Mi misión era establecer en el plantel las normas establecidas por el Ministerio del Interior y el Máximo Líder, que en paz descanse. Lo primero que hicimos fue raparle la cabeza al niño. La mayoría nos llegaban llenos de piojos. Les afeitábamos la cabeza en la antigua plaza del Cuartel y después los desinfectábamos con creolina. Él protestó tímidamente, y con razón, la creolina ardía en la piel y su cabello estaba limpio y lustroso. Pero esas eran las órdenes que nos habían dado y había que cumplirlas.

Me asignaron un número. Dijeron que ya no tenía nombre. A mí me tocó el veinticuatro. Me parecía extraño oír:

–Veinticuatro –y tener que correr a colocar la cara a dos pulgadas de la pared. Después me acostumbré y ya casi no me acordaba de mi propio nombre.

Había veinticuatro niños en cada pabellón. Él pensaba que había algo fantasmal en mi apariencia y comportamiento. Debía ser por el efecto de las bombillas rojas y amarillas que se mantenían encendidas hasta llegada la madrugada. Trabajaba el turno de noche. Era enfermera. Es lo que decía yo a los muchachos cuando me preguntaban cuál era mi función en La Colonia. Llevaba un uniforme blanco muy ajustado. Me quedaba muy bien.

–Soy enfermera, dejen de molestar –decía con mi mejor voz ronca y sensual. Lo que se le grabó en la memoria al mocoso fue un reflejo, mi sombra paseándose por los amarillos y rojos corredores. Yo, comiendo una enorme galleta rebosada de mantequilla. Debió haber sido eso. Yo, gorda y sensual, vestida de blanco, contoneándome por los lúgubres corredores. Se me ponen los pelos de punta cuando pienso en aquellos tiempos; aunque la comida no estaba racionada entonces. El veinticuatro era un chico muy raro.

A nosotros en casa no se nos permitía salir a menos que fuera para hacer un mandado en la bodega de la esquina. Mamá ponía en marcha el cronómetro deportivo que nos había regalado el abuelo:

–Tienen siete minutos para ir y volver, si no vuelven a tiempo no me atengo a las consecuencias. No quiero que se mezclen con esa gentuza atea.

Si cuestionábamos el significado de las palabras ateo y chusma nos respondía:

–Es que no se puede cambiar el mundo.

Por eso fue difícil para él adaptarse a nuestro centro de rehabilitación. Era un niño menudito, retraído, fino, por falta de otra palabra. Un burguesito pobre. Nunca creó problemas y más bien parecía que los evitaba con su personalidad de camaleón. En una ocasión, dos chicos se pegaron y uno quedó inconsciente. Él llegó a mi despacho llorando. Dijo que tenía miedo de que le sucediera algo parecido. Sonreí, sintiendo cierta nostalgia por los tiempos pasados. Sin embargo, no dije nada ¿Qué podía haber dicho que no me comprometiera? Todo lo que ocurría en La Colonia estaba planificado de antemano. Era uno de los muchos experimentos que realizábamos para el Ministerio de Seguridad.

Hablé con el Director del centro varias veces. Se cometían injusticias, incluso, abusos. La respuestas a mis quejas eran sonrisas burocrática y un "no se inquiete que la Revolución nunca se equivoca".

Requerían que aprendiéramos de memoria una especie de catecismo que contenían las Reflexiones del Comandante. Como yo tenía buena memoria no me fue difícil aprenderlas. Muchos de mis compañeros no pudieron. De pie, ante el Director, con la mano puesta sobre el corazón repetíamos automáticamente:

–Patria o Libertad. Venceremos.

–Los niños son… la esperanza del mundo

–Sin la Revolución todo con…

El Director meneaba la cabeza para indicar que se habían equivocado. Nos obligaban a presenciar los castigos. Golpes con una correa de cuero en la planta del pie. Los niños acostados en sus catres se mordían la lengua para no gritar.

La mañana siguiente me quejé al Director. En esa ocasión, sin su sonrisa de burócrata, sereno pero severo, me dijo:

–Vea, mire veinticuatro, si sigue con estas pendejadas, a lo mejor, a usted le va a ocurrir lo mismo.

Decidí darle el "tratamiento". Era diferente y su comportamiento se alejaba de nuestros objetivos de readaptación. Lo soportó sin llorar. El domingo, día de visitas, hablé con su padre sobre la falta de progreso del niño. Parecía resentido, aunque sus palabras nunca lo traicionaron.

Se lo conté todo a papá:

–La vida es injusta a veces.

No quiso abordar el tema de nuevo. Terminamos conversando sobre la serie mundial de béisbol, pues todavía se nos permitía escucharla por la radio, hasta que declararon el béisbol como actividad subversiva.

Admito que era difícil para todos vivir bajo un régimen tan estricto. Aún para mí. Una vez organicé un acto para celebrar el aniversario de la Revolución. Interesada por las danzas folklóricas sugerí que las niñas del pabellón B se vistieran de rumberas y que interpretaran bailes de la etapa decadente, anterior a nuestra gloriosa Revolución, seguidas, por supuesto, por otro baile representando el triunfo de las masas sobre la corrupción y el nepotismo. Alguien presentó una querella, la Asociación de Mujeres, sin duda. Según la reprimenda que recibí de mi superior...

–Encuentro lo representado fuera de tono y atentatorio a la dignidad de la mujer. Actúe con cautela. Este tipo de incidentes puede causarle daños irreparables a usted y a sus seres más queridos.

A lo mejor, fue el padre del veinticuatro quien me denunció.

Papá vino a recogerme a finales de julio. Mis camaradas cantaban un himno revolucionario de despedida. Sentí ganas de llorar mientras empacaba mis cositas. Papá dijo, como de pasada:

–El mes que viene te voy a llevar a Santiago. A ver si logro ingresarte en la escuela vocacional.

Se me ocurre que sí, que papá estaba tratando de deshacerse de mí.

Nada

A mamá le preocupaba algo. Era tarde y papá todavía no había vuelto de la fábrica. Estaría borracho. Habitualmente regresaba del trabajo a la misma hora. Parecía más nerviosa que de costumbre. Cualquier movimiento nuestro era controlado con un "esténse quietos, muchachos o se van a caer". Era difícil para nosotros entender cómo podíamos caernos acostados en una cama que era más bien cuna con sus barrotes de prisión. Eso de "te vas a caer", sin embargo, era nuestro pan cotidiano. Una de las pocas veces que fuimos a nadar en una piscina, con el agua prácticamente hasta el cuello, ella no dejaba de repetir su letanía: "Rafaelito, ten cuidado, que te vas a caer".

Entró por la puerta de la cocina. Se tambaleaba, borracho. Su tono, sin embargo, no era agresivo, si no más bien meloso.

–¿Dónde estás cariño? Dame un besito.

Mamá debía habérselo dado para no complicar la situación. Pero no fue así. Reaccionó desafiante:

–Esto no tiene remedio. Eres un desgraciado.

–Mira, que no estoy jumao –fue su respuesta mientras que trataba sin éxito de mantener el equilibrio parado sobre un solo pie.

–Me invitaron en el bar de la esquina.

–No te da vergüenza, hacer el payaso enfrente de tus hijos, mal ejemplo. Eres como tu madre que... –se arrepintió de haberlo dicho. La cara de papá se transformó, le dio una bofetada que la hizo tambalearse.

–Con mi madre no te metas que esa mujer es una santa.

–Más bien una puta, diría yo –esta vez no se arrepintió–. Borracho de mierda.

Papá se puso muy rojo. Volvió a pegarle. En ese momento me acordé de cuando nos pegaba por hacer lo que él consideraba demasiado ruido y acabábamos despertando al vecindario con nuestros gritos. Ahora el vecino de enfrente gritó:

–¡Que llamo a la policía! –pero su amenaza no tuvo ningún efecto en papá.

Pasó de las bofetadas a tratar de estrangular a mamá, sujetándola contra la tapia donde colgaban, irónicamente, las plantas que ella cuidaba con tanto esmero.

–Cabrona, te voy a matar

Mi hermano y yo los observamos asustados. Él tenía doce años; yo, uno menos. Teníamos que hacer algo para ayudar a mamá.

–La policía –yo asentí con la cabeza. Habíamos visto en la tele que la policía ayudaba a la gente en aprietos. Nos escapamos sin ser vistos. Corrimos por las antiguas estrechas calles coloniales. Calles adoquinadas, húmedas de rocío. Era difícil correr por ellas. Teníamos una vaga idea de dónde se encontraba la Jefatura de Policía. Corríamos. Doblábamos. Mi hermano se cae. Finalmente llegamos.

Recostado contra la pared, sentado en un taburete de cuero y madera estaba un policía medio dormido. El casco de metal de medio lado. La ametralladora Thompson recostada contra su pierna se balanceaba precariamente. Abrió un ojo y algo sorprendido indagó:

–¿Qué sucede, muchachos?

Mi hermano respondió:

–Que papá está borracho, que le dio una bofetada, que la estrangula, que la va a matar...

–Bueno ya, cálmate –dijo incómodo–. ¿Quién está matando a quién?

–Mi papá a mi mamá –adelanté yo–. Y usted tiene que hacer algo.

–No jodan. Yo de aquí no me muevo. Seguro que estarían

retozando –dijo con cierta malicia y agregó:– –A ver, díganme una cosa. ¿Estaban acostados en la cama o de pie?

–De pie –respondí yo–. Déjeme hablar con el Capitán.

–Mocoso de mierda –murmuró entre dientes.

Apareció el Capitán con su enorme barriga, lento y sudoroso. Tomó la Thompson y sentándose en el taburete donde había estado el otro le dijo indiferente:

–Vete a ver lo que pasa.

Volvimos a casa los tres. Él, lento y moroso. Doblamos por las mismas calles. Llegamos.

–Es el número trece, al final del pasillo.

Tocó la puerta. Silencio absoluto. El policía nos miró como indagando la causa del silencio. Golpeó la puerta fuertemente. Después, se oyó:

–¿Quién es?

–La policía –respondió el agente, como en las películas. Mamá abrió la puerta obviamente alarmada. Tenía los ojos hinchados de llorar.

–Mire señora, los muchachos reportaron que su marido le estaba pegando, que aquí hubo una bronca o no sé que…

–No, si aquí no ha pasado nada. Mi marido se lo explicará todo, que él sabe más de estas cosas.

Papá apareció. Sumiso. Tenía el ojo izquierdo hinchado.

–Aquí no ha pasado nada. Usted sabe cómo son los muchachos. Se les ocurren cosas. Exceso de imaginación.

Confuso, el policía observaba los ojos de mi padre. Papá rompió el silencio. Enfatizó:

–Aquí no ha pasado nada, mi teniente.

El policía, hizo sonar los tacones al estilo militar y se fue.

Nosotros entramos calladitos y confusos. En silencio, nos dirigimos directamente a la cama que compartíamos. Mucho más tarde, esa noche interminable, mi hermano me susurró medio en broma: "a lo mejor estaban jugando".

Sillas de tijera

Aquella mañana se despertó iluminado. Salió al patio, encendió el fogón y se puso a preparar el café. "Esta vez sí", se dijo, contemplando el humo azul que se escapaba de la antigua cafetera. Estuvo un buen rato pensando y repasando la idea.

La mujer apareció en el patio en chancletas y camisón. El pelo desgreñado.

–Buenos días.

El hombre no le respondió.

–¿Qué vamos a comer hoy?

Preguntó ella, desafiante. Él no se inmutó, se puso de pie lentamente y acercándose a ella le murmuró como si fuera a contarle un secreto:

–Se acabaron los problemas, vieja.

–No me digas –refunfuñó ella entre dientes.

–Siéntate, tómate el cafecito y te lo explico todo. Voy a comenzar un negocio de sillas de tijera. Tú sabes, esas que se doblan para que tomen menos espacio cuando la gente no las está usando.

–¿Y se alquilan a los desocupados para que no se cansen, me imagino yo? Oye, no será como el negocio de los chicles en la estación de autobuses. ¡Qué desastre fue aquello! ¿Te acuerdas? O mejor, el cuento de los cocos en la playa. ¿Te acuerdas de aquella vez que estaba un americano muy chiquito sentado en la parte reservada a los extranjeros y tú que le gritabas "agua de coco" y el raquítico ese ni te respondió. Sólo movió la mano como diciéndote, váyase al carajo y tú, descontrolado, le dijiste que comiendo coco te habías hecho grande y fuerte y él te respondió que prefería ser pequeño y no un pobre vendedor de cocos. Te le tiraste encima, se formó tremenda bronca y ese día perdiste los cocos y el poco dinero que habías ganado. ¿Te acuerdas?

–Pues no, eso fue hace mucho.

–Hace mucho, sí. Lo mejor que podrías hacer hoy es pasar por la casa de tu hermana María a ver si te regala las sobras del almuerzo.

–Hoy no se comerán las sobras de nadie en esta casa. Esta misma tarde pasaré por la casa de mi compadre Heriberto. Seguro que me prestará unos pesos. Alquilo las sillas y mañana bien temprano, con la ayuda de los muchachos las ponemos alrededor de la Glorieta. Te digo mujer, ¿quién va a querer estar parado, cuando se puede estar bien cómodo, escuchando la Banda Municipal desde una silla de tijera.

A ella no le gustaba la idea. Ya lo había visto fracasar en otras ocasiones. El negocio que ahora proponía no auguraba mejores resultados.

–¿Y si la policía no lo permite?

Sabía por experiencia que cada vez que fracasaba se ponía a beber.

"Esto no tiene fin", se dijo resignada. "En el bar de la esquina le regalan tragos pero a nadie se le ocurriría ofrecerle una hogaza de pan para los niños. A ver quién entiende a los hombres".

Despertó a sus tres hijos demasiado temprano. Después de un escueto desayuno marcharon entusiasmados hacia la tienda de Heriberto. Los muchachos parecían estar de buen humor. Los había convencido de que el negocio de las sillas rendiría y que al final de la tarde, si todo salía bien, la recompensa sería un helado.

–¿De mamey?

Preguntó el menor, que no tendría más de nueve años.

–De lo que tú quieras, mi corazón –respondió el padre, conmovido.

El sitio estaba más lejos de lo previsto. El calor era sofocante. El mayor de los niños se quejaba de estar cansado. Rezagado llegó el último.

Heriberto lo esperaba. Le entregó las doce sillas de plástico pero al cobrarle insistió en que le debía un peso más de lo acordado.

–El peso extra es para los impuestos.

–Oye, no me hagas esto, por la Virgen que no lo tengo, además, que impuestos ni qué jodedera si en este país nadie paga impuestos.

Heriberto accedió, no sin quejarse.

Se repartieron las sillas entre los cuatro. El menor y el mediano dos. El mayor tres. El padre cargó con el resto colocándoselas sobre la cabeza. Los muchachos lo imitaron, excepto el mayor, que las arrastraba. El parque no quedaba lejos, sólo a unas cuadras. Era temprano, algunos vendedores ambulantes se preparaban, parecían ansiosos. Mostraban la mirada del atleta ante un partido importante.

–Maní tostao y caliente pa las viejas que no tienen diente –pregonaba uno de los vendedores, como practicando.

Alrededor de la estatua al Máximo Líder estaban colocadas en perfecta formación las sillas donde se sentaría la Banda Militar. El padre ordenó a los niños colocar las sillas tijera en los sitios más estratégicos del parque.

–Parece que va a llover –murmuró alguien.

–¡Qué va! –Respondió el padre, aunque las palabras no habían sido dirigidas a él.

–En este país no llueve en verano –dijo con cierta autoridad.

Los músicos comenzaron a llegar uno a uno, con aparente desgano y lentitud. Todos vestidos de militar. Gordos, daban un aspecto cómico a la función que se iban a realizar. El público comenzó a congregarse alrededor de la Glorieta.

–Caserita, no se atreva a salir sin comprarme un cucurucho de maní. Maní tostao y caliente...

–Mami, cómprame un helado –chilló un niño con voz autoritaria.

–¿De guanábana, mi cielo?

–Sí, mami

El padre aprovechó la oportunidad y dirigiéndose a la mujer en un tono algo seductor:

–Oiga, caserita, ¿le alquilo una silla? Sólo cuestan diez centavos, así su niño estará más cómodo comiéndose el helado.

Sin mirarlo, la mujer respondió:

–Por diez chavos me muero yo de pie, no moleste, no sea tan pesado.

La Banda Militar comenzó tocando un vals que el público parecía apreciar, hasta que el Director detuvo la música, y extendiendo el brazo con la batuta hacia el cielo nublado:

–Está lloviendo damas y caballeros, y como ustedes comprenderán estos instrumentos no se deben mojar.

Era sólo una llovizna ligera. Sin embargo, el gentío desapareció al instante. Unos por miedo a estrujar el pantalón blanco que tanto trabajo había costado planchar; otras, temiendo perder el peinado; los músicos felices de volver a las cervezas en el bar de la esquina.

Solos en la plaza, los cuatro se observaron sin comprender lo que había ocurrido. El padre les ordenó recoger las sillas. Estaban alquiladas por todo el mes y seguro que el próximo sábado sería mejor.

–En verano aquí no llueve.

–Niños, pasemos por casa de la tía María, a ver como está.

La lluvia comenzó a arreciar. Marchando en fila, el padre a la cabeza del grupo, se dirigieron hacia la casa de la tía. El último era el mayor. Caminaba cabizbajo. Súbitamente se puso de rodillas, arrojó a un lado las sillas, recogió algo del césped mojado. Una amplia sonrisa se dibujó en su cara. Corrió hacia un puesto de helados debajo de un portal.

–Tengo un palito premiado. Déme uno de mamey.

–Qué suerte tienes, muchacho. Te doy uno de piña porque de mamey ya no me quedan.

Escondido tras un árbol lo lamió hasta que el palito que sostenía temblando supo sólo a madera. Corrió feliz hasta que alcanzó al resto de la familia.

–¿Dónde te metiste tú? ¿Y las sillas?

–Tuve que ir al baño, se me olvidaron.

Primera experiencia

Por las tardes, después del almuerzo, no volvía al colegio, se metía en un cine refrigerado para escapar de la monotonía y del sopor de la tarde. En el Teatro Alcazar se enamoró de Doris Day, June Allison y Audrey Hepburn, entre otras. Sin embargo, fue la Brigitte Bardot en "Le Mépris" quien despertó en él algo que no comprendía. Fue ésta una de las razones que lo impulsó a aceptar la invitación de la pandilla a pasar la tarde en un bayú. Sentía necesidad de ir a una casa de putas, aunque también sentía un miedo muy antiguo, un terror que no podía explicarse. Los amigos decían que lo que él tenía no era más que pura pendejada porque le había llegado la hora de la verdad.

Las llamadas con un eufemismo ambiguo "mujeres de la vida" cobraban un peso. Él guardaba uno que su padre le había dado para los gastos de la semana. Repasó cuidadosamente lo aprendido en la clase de Religión. Repasó las privaciones que debía sufrir si gastaba el dinero. Concluyó que no había ninguna excusa que justificara perder la oportunidad de "hacerse un hombre". Tenía que hacerlo, y ya está. Era la opinión de todos, incluso la de su propio padre:

–Un hombre no es un hombre hasta que se tira una mujer.

El barrio de putas era como todos los lugares donde se comercia el sexo. Mujeres de pie, detrás de ventanas solitarias. Danzones que invitaban a llorar. Cervezas frías.

–Entra niño, que te voy a hacer gozar.

Chulos amenazadores por las esquinas tintineando cadenas de oro.

Optaron por no entrar en la casa de la mujer que prometía hacerlos gozar. Chepe, el líder de la panda conocía una que según él era "una joya". Se dirigieron hacia una casita azul, protegida por una gran ventana de hierro mohoso. Hicieron fila. Él, inconscientemente, quedó último. Sus compañeros entraban y salían apresuradamente. Llegó su turno. Entró. En una enorme cama redonda reposaba una adolescente color arena. Enormes los senos, como los de la Bardot en el cartel que anunciaba la película.

La muchacha lo miró, ausente, como si también ella observara un objeto lejano y deseado.

–¿Primera vez?

–Claro que no.

–Bueno, entonces acércate y desvístete.

El cuerpo desnudo de la chica le parecía más irreal que en el cine. Se recostó a su lado sin sentir nada. Todo en blanco y negro. No era lo que él anticipara. No era lo que le hizo sentir la Bardot. Ensayando un gesto que había aprendido en alguna película trató de besarla "a la francesa". Después, más agresivo trató de soplarle al oído: "Te quiero". A lo que ella respondió:

–Niño, déjate de boberías y méteme la cosita que el tiempo es oro.

Entonces, la chica se volteó ágilmente sobre el vientre hacia la parte derecha de la cama. Descolgó el brazo para recoger lo que parecía ser un cronómetro deportivo. Lo puso en marcha. Tic tac, tic tac, tic... Cuánto tiempo le quedaría se preguntó... Eso no pasaba en las películas. Ella lo tocó allí, donde no sentía nada.

–Tú tienes el miembro muerto; tú, así no se puede funcionar.

Tic, tac, tic. El tiempo se detuvo.

–Me debes un peso.

Se vistió. Notó que se había olvidado quitarse los calcetines. Torpemente dijo:

–No le digas nada a nadie.

–¿A quién?

–A mis compañeros.

Ella no le respondió. Sus labios mostraron algo que quería ser una sonrisa.

Abandonó la casita azul sin mirar a la joven color de arena. Afuera lo esperaba la pandilla, fumando.

–Te demoraste demasiado.

–A lo mejor no pudo.

–A lo mejor es mariquita –recalcó otro con malicia.

–Ustedes son del carajo. Vámonos y les cuento cómo me fue.

Ocurrió en Bangkok. Tierra lejana y misteriosa y no en esa isla miserable del Caribe donde yo nací. Asistía a un Congreso de Poesía. Caminábamos Wrnush, un poeta tailandés, y yo, cuando él inesperadamente entró, en lo que parecía una farmacia. A lo mejor le duele algo, pensé. Sin embargo, no eran aspirinas lo que el hombre de la bata blanca le entregó sino una cajita de condones. La depositó en el mostrador junto a un puñado de caramelos negros sin envolver. La tarde no iba a transcurrir como yo la había imaginado. Salimos. En la calle, Wrnush me entregó ceremoniosamente dos condones y unos caramelos. Él depositó uno en su boca. Lo imité.

Recordé cómo, durante el transcurso de la Conferencia, había hecho alusiones a mi soledad; comprendí entonces que se refería al hecho de que viajaba solo, obviamente pretendía remediar mi situación de soltero.

Caminamos por calles estrechas, multitud de vendedores (un mago con un elefante en plena calle pronosticaba el futuro), puestos ambulantes de comida. Calles desbordantes de olores desconocidos. Me sentía intranquilo, inquieto, nervioso. La idea de acostarme con desconocidas y para colmo por dinero siempre me ha causado terror. Pero más que nada era el miedo a cualquier objeto que marcara el tiempo.

Después de mucho trajinar por callejones, mercados y

templos, allí estábamos Wrnush y yo. Nos llevaron por un pasillo largo y estrecho, por donde comenzaron a desfilar muchachas disfrazadas de colegialas. Eran muchas, sacadas de la clase de matemáticas para mi deleite y placer. Sentí terror. Wrnush me susurró al oído:

–Si te hace feliz, sé generoso con ella.

No sabía qué hacer. Me pregunté si íbamos a pasar la tarde allí o si iba a ser cosa de cinco minutos, como aquella vez en la casita azul de mis desilusiones. Cuándo sabría yo que el poeta tailandés había completado su labor amorosa. Esperaba, por lo menos, no tener que compartir con él la misma habitación.

Tuve que seleccionar entre las "joyas" Pensé en ti, Chepe. No pude evitar, sin embargo, cierto asco ante ese desfile de putas vestidas de colegialas, o más bien ante colegialas obligadas a ejercer de putas. El desfile se interrumpió. El hombre del diente de oro se dirigió directamente a Wrnush. El tono de sus palabras me sonaba a algo familiar. Se parecía a otro que había escuchado antes en el mercado de Budas, cuando se negaron a venderme una estatuilla de un Buda delgado y severo. El poeta tailandés me miró avergonzado:

–Tenemos que irnos, después te explico lo que pasó.

Le habían dicho que no admitían extranjeros.

–Crean problemas y traen el SIDA al país.

–Esa fue la explicación. Yo, por mi parte, me sentí aliviado por no tener que oír en tailandés: "Tienes el miembro muerto y así no se puede funcionar".

Anochecía. Wrnush me creía ofendido e insistía en llevarme a otro lugar de recreo. Firme y decidido dije que no, que me sentía agotado y que lo que necesitaba era comer algo.

Bangkok es un gran río sediento y oloroso. Terminamos el día cenando en un bello restaurante en la ribera del Chao Phya. Celebraban allí una boda. Alegría. Música. Bebimos en exceso. La novia me seleccionó, quizás por ser extranjero, me regaló un bouquet de flores. Este gesto agradó de tal manera a la concurrencia que estalló en aplausos. Entonces comprendí lo obvia que era mi soledad.

Sin embargo, en el campo amoroso me esperaban otras sorpresas. El dueño del restaurante, amigo de Wrnush, me presentó a una joven que aparentaba no tener más de quince años. Llevaba un vestido de seda, típico del país. Nos saludó, las manos recogidas, inclinó la cabeza. Toda su atención parecía estar concentrada en mí.

–Estoy convencido de que es virgen –el tono del poeta tailandés picarón. Wrnush se puso de pie y empujándonos por los hombros nos guió hasta lo oscuro del sagrado río. Unió nuestras manos alrededor de una guirnalda compuesta de flores blancas. Nos llevó a depositarlas, a la vez, en la fragante agua del río. Nos estarán casando, pensé yo.

Nos escoltaron al barco del propietario del restaurante. Un joven capitán nos esperaba. A ella la sentaron a mi lado, inmóvil como un Buda sonriente. Observando la absurda noche pensé en Marlow, el otro capitán. Recordé sus palabras:

“It seemed to lead into the heart of an immense darkness”.

UMAP

Ha de haber un pozo y pila para lavar, y lo demás necesario. El pozo no será con soga ni cordel, porque o se querrán descolgar con él a la calle, o como el demonio está apoderado de ellas por el vicio y pecado, hará que alguna se desespere y ahorque; y así conviene quitarle toda ocasión.

Arts Taberniet, Salamanca, 1608

Salí temprano por la mañana, sin hacer ruido. No quería que mamá se pusiera a llorar. Sin embargo, al cerrar la puerta escuché sus gemidos histéricos. El Partido nos convocaba a inscribirnos en el Servicio Militar Obligatorio (SMO). Nos parecía extraño que se realizara en julio, pues coincidía con el periodo oficial de vacaciones. Los más optimistas opinaban que era para cumplir el SMO; otros, los cínicos, decían que nos llevarían a Campos de Rehabilitación para lavarnos el cerebro y quitarnos "las malas costumbres del pasado".

No entendía. El único delito, del cual se me podía acusar, era haber estudiado en un seminario católico por tres años. Cierto, pero sólo a insistencia de mamá que a toda costa quería que hubiera un cura en la familia. Me sentía inquieto, nervioso y empeoraba mi condición el hecho de haber estado bebiendo excesivamente la noche anterior. Fiesta de despedida con los amigos de siempre.

Eran las seis de la mañana cuando llegué a la plaza del antiguo cuartel (bautizada por segunda vez como Escuela Vocacional del Campo). Me sorprendió ver tanta gente congregada allí, rodeados todos por un gran círculo de vehículos militares. Los motores encendidos. Recordé las películas de vaqueros. Los americanos preparándose contra un ataque indio. Todos cubiertos por un polvo rojizo, hasta nuestras caras nos parecían ajenas. Pieles rojas tropicales.

Entré por la posta indicada, marcada con un letrero escrito con creyones escolares. El militar gritó:

–Nombre, recluta.

–José Tey

–¿Delito? –preguntó con un tono burlón.

–No entiendo, ¿qué delito?

–Bueno, no se altere, si no lo sabe ya se enterará. Móntese en el camión número veinticuatro.

–¿A cuál unidad militar me llevan?

–A la de los verracos –se puso de pie y empujándome por la espalda me introdujo en lo que, súbitamente, me pareció un círculo mágico.

Gran confusión. Los números de los camiones estaban mal pintados y cubiertos de polvo. Gritos. Un grupo de hombres, todos negros, con los brazos entrelazados, se negaban a subir a un camión reservado exclusivamente para ellos. Los altoparlantes no cesaban de alentarnos a cooperar:

–Los que cooperan con el Partido no deben temer nada. Todo al Partido. Patria o Libertad.

Sentí terror. Era como una pesadilla. No pude controlarme. Lloré. Recordé las palabras de mamá: "Sobre todo, que no te vean nunca llorar". Claro que lloré, tenía sólo quince años, tres de ellos malgastados en el Seminario. Había conocido allí la injusticia, la desigualdad y la humillación, pero nada se asemejaba a la realidad que tenía ante mí. La posibilidad de morir.

El camión que nos llevó a nuestro destino era de los que usualmente se utilizaba para el transporte de la caña de azúcar. Una soga, atada a ambos lados, ofrecía una frágil protección. Los más fuertes y agresivos lucharon entre sí por los puestos más seguros. Los más codiciados eran los próximos a la cabina donde viajaba el chofer y la escolta. Alguien me ofreció la mano. Subí torpemente. Frente a mí sollozaba un muchacho tan joven como yo, lampiño, delgado, triste; entre gemidos repetía que no quería morir.

–Cálmate, muchacho. Nos llevan a distintas bases militares para hacer el Servicio Obligatorio. A mí me dijeron que este camión va para la Base de la Fuerza Aérea "Comandante Luis de León". Allí es donde mejor se está. Cógelo suave.

Un joven, de aspecto afeminado intervino:

–Oye nene, déjate de comer tanta mierda. ¿Fuerza Aérea? No jodas, mi vida, si nosotras para donde vamos es para un campo de rehabilitación de maricas –algunos rieron.

Durante varias horas nos mantuvieron de pie sobre los camiones. El sol agobiante. La sed. Entre nosotros comenzó a establecerse cierto sentido de cooperación. Nos habían quitado los relojes y nos orientábamos por el sol.

Partimos al atardecer. Al principio pude reconocer los límites de la ciudad. El antiguo teatro Apolo, la bodega de Núñez (ahora llamada: Unidad de Comestibles Camilo Santos). Después nos desviamos por una carretera secundaria, desconocida para mí. Nos movíamos, una caravana de camiones a alta velocidad. Aferrados unos a otros, tratando de no perder el equilibrio cada vez que saltábamos sobre un bache o nos desviábamos abruptamente para cambiar de dirección. Todos cubiertos de polvo. Pensé de nuevo en los pieles rojas.

El veinticuatro era el último de los camiones y quizás por eso se mantenía peligrosamente muy cerca del que tenía delante, explicó puerilmente el chico que no quería morir. La caravana se dispersaba hacia los diferentes centros de detención. En dos de las breves paradas que realizamos vi escrito: "Campo Pozo Amarillo: Rehabilitación Técnica". En otro sólo se leía: "Horno Primera". El resto parecía borrado por el tiempo.

El camión paró en un pueblecito llamado Minas-Pueblo Nuevo. Los soldados se bajaron a tomar cerveza en un bar. Uno se quedó vigilándonos, sentado a la sombra de un árbol. La metralleta apuntada hacia nosotros. Me pareció reconocer al hombre detrás del mostrador. Era el tío Armando. Llevaba varios años desaparecido. Traté de llamar su atención levantando los brazos, como para estirarme. Su dedo sobre el labio indicaba silencio. “Pobre muchacho”, pensaría. El soldado, apuntándome, preguntó:

–Gusano, ¿le pasa algo?

–Es que tengo mucha sed.

–Bajen uno a uno. Hay una manguera detrás de los servicios.

–¡Ay, sí! Que tome primero el nene –dijo el homosexual que me había ayudado a subir al camión. Reímos, yo, sin comprender por qué.

–Y tú, de último, maricón de mierda.

Silencio. Una ola de tristeza nos envolvió a todos.

Iniciamos de nuevo el viaje, convencidos de que no íbamos a hacer el servicio militar. Alguien comentó que nos iban a fusilar. Decidimos escribir nuestros nombres con un lápiz diminuto que alguien llevaba escondido dentro del calcetín. Tiró el trozo de papel al aire. Entró por la ventana de un bohío que parecía estar desierto. Nosotros lo imitamos. Cayeron en el olvido, prendidos a las ramas de algún arbusto.

Hablando a gritos nos enteramos de que éramos casi todos santeros, espiritistas, católicos u homosexuales.

El camión tomó mal una curva de la carretera. Dejamos de hablar. Nos concentramos para no caer del vehículo. Pasaron por mi mente los lemas del Partido. Radio: “La Patria necesita hombres para lograr la victoria”. Pasquines: “Ningún Dios sin el Máximo Líder”. Consignas: “Con el Partido todo, sin el Partido nada”.

Llegamos de madrugada al campamento que nos habían asignado. A la entrada un cartel lo identificaba: “PAMF. Pozo Rosado 421. Limpiando la Patria”. Por primera vez veía militares vestidos de color rosado. Las barracas con techo de zinc rectangulares también estaban pintadas del mismo color. Me recordaba un sueño recurrente de mi infancia. Los gritos del soldado me devolvieron a la realidad.

–Escoria. Sí, escoria. Están en nuestro campamento para ser rehabilitados. Están aquí para depurarse, para limpiarse de ideales falsos y corruptos –gritaba con pasión, convencido de lo que decía–. Se les asignará un número. Ya no tienen nombre. Al oír su número respondan "Patria o Libertad". Nunca inicien ninguna conversación con nosotros ni entre ustedes. Repito, no inicien ningún tipo de diálogo. A la palabra "escoria", respondan: "Vivir por la Patria es Vivir".

Alguien se rió. El soldado reaccionó en voz baja:

–Los que piensan que esto es un juego aprenderán muy pronto que no lo es. Hoy comerán de pie y sin agua. Mañana nos entenderemos mejor –chocó los tacones al estilo militar.

Estaba muy cansado, sentí ganas de llorar.

Comimos de pie. Los mosquitos mejor que nosotros, saciados de sangre. Decidí obedecer, seguir todos los reglamentos. Esperaba que la sumisión me ayudaría a sobrevivir.

Nos escoltaron en formación militar hacia las barracas donde dormiríamos. No había paredes, sólo una tela metálica que lo abrazaba todo. Para protegernos de los mosquitos, dijo un soldado.

–Se me olvidaba decirles que la tela metálica está electrificada. Es para proteger a los insectos. En caso de que a uno de ustedes le dé por beber sangre.

Esta vez ninguno sonrió. Aprendíamos a no expresar emoción alguna que nos significara.

Nos entregaron hamacas, clavos y un martillo. Yo nunca había dormido en una hamaca, no sabía como colgarla. Uno de los prisioneros se dio cuenta, se ofreció a ayudarme. Pertenecía al grupo de los homosexuales. Más tarde, alguien del grupo católico me advirtió que no debía caer en el círculo de los maricones. Me aconsejó que cambiara la posición de la hamaca. Su comentario me causó confusión. No sabía qué hacer. Se habían preocupado por mí y yo me sentía muy solo. Extrañaba mucho a mamá.

Apenas dormimos más de tres horas. Nos despertaron a gritos.

–Escoria, gusanos, levántense. A trabajar. A hacerse hombres. Escoria, de pie.

Nos repartieron un agua negruzca que pretendía ser café y un trozo de pan. Comimos de pie. Según el guardia de turno para hacernos "hombres nuevos". Nos asignaron un mentor a cada uno.

–Les va a mostrar el valor de un día de trabajo honesto.

A mí me correspondió un campesino de unos cuarenta años, rudo, la cara llena de surcos endurecidos por el tiempo y el sol. Se había ganado la posición de mentor, según él por haber servido en el Glorioso Ejército de Recuperación Nacional. Hizo sonar con energía los tacones de las absurdas botas rosadas: "Patria o Libertad. Venceremos".

Me asignaron un terreno de unos 200 metros cuadrados.

–Sácale los matojos, límpialo todo. Cuando termines vas a cavar unos surcos muy derechitos y después –subrayó– vas a sembrar viandas para que el pueblo coma.

Me entregó un azadón. Nunca había hecho ningún tipo de trabajo manual. Pocas horas después las manos se me ampollaron. El sol del trópico se conjuraba contra mí. No me habían dado sombrero.

El mentor permaneció sentado a la sombra de una ceiba, la metralleta apuntada hacia mí. Mediodía. Almorzó. Me atreví a decirle:

–Tengo sed.

Respondió sonriente:

–Los gusanos no beben agua. Voy a buscar relevo, porque tú no estás ni por terminar.

Ya solo, pensé en fugarme. ¿Pero adónde ir? Exhausto, me tumbé bajo la sombra del árbol. Soñé que era un soldado, uniformado de rosado, como ellos. Mi piel también rosada. Marchábamos hacia el frente a defender la Patria. Me despertó una fuerte patada en el costado.

–Zángano, escoria, a trabajar.

Recordé las instrucciones del primer día en el campamento: "Vivir por la Patria es vivir".

Me puse de pie, di unos pasos, me desmayé. Estaba de nuevo en el sueño. En un carro blindado, hacia el frente. Mamá, a mi lado, vestida de enfermera, me acariciaba y decía:

–Ay, pobrecito el nene.

Me di cuenta de que no era la voz de mamá. Me desperté alarmado. Estaba bocabajo, desnudo, en la hamaca. Me untaban algo en la espalda que olía a manteca.

–No –les dije. Me dolía mucho la espalda.

–Ay, niño, no te pongas así, no te vamos a comer, estamos curándote.

Reían. El soldado de guardia fumaba, concentrado en un punto lejano. Tenía las muñecas maniatadas.

–Ayúdeme– supliqué al soldado. Parecía lejano, inmutable.

Me violaron. Uno de ellos eyaculó en mi cara.

–Ahora eres de nosotras, nena.

Soñé que viajábamos en un tanque blindado. Íbamos hacia el frente. El altoparlante repetía monótonamente, un disco rayado en cámara lenta: "morir, morir, morir..."

Perdí la conciencia del tiempo. Me asignaron a trabajar en la cocina del campamento con el grupo de homosexuales.

"Lo siento mamá, me fui sin decirte adiós, para no hacerte llorar".

Policía Nacional de Reivindicación
Campamento Horno Rosado
PAMF 421
Sirviendo al Partido

El recluso número 42 de este campamento fue hallado muerto en la mañana de ayer en la celda de la enfermería, ahorcado con una soga.

Junto al cuerpo se encontró una carta manuscrita en la que la víctima, tras pedir disculpas a su familia, se declara inocente del delito por el que fue condenado. El fallecido, de 15 años de edad, cumplía una condena de dos años, dos meses y un día, impuesta por un Tribunal Militar por delito contra la Salud Pública: Comportamiento Antisocial.

cc
Comandante
Patria o Libertad
26 de julio de 1963

El número 24

Decidí irme ese mismo día. Dejarlo todo. El país, la mujer, los hijos. Todo esto que en realidad aborrecía. Me di cuenta de que no quería a nadie. No me sentía vinculado a nada. Sabía que esta decisión era como una sentencia de muerte para mí. Detestaba al ser humano más que a mí mismo. Los eventos del diecisiete de agosto precipitaron mi determinación de escapar del país.

Doce psiquiatras, yo uno de ellos, más dos miembros del Partido asistíamos a la conferencia diaria que iniciaba nuestra actividad cotidiana. Eran las siete de la mañana. Los dos miembros del Partido, rudos muchachos analfabetos parecían más incómodos que de costumbre. El Dr. Aballí comenzó la reunión con un falso:

–Buenos días, camaradas –dijo aún sabiendo que se prefería emplear la palabra compañero.

A su saludo, respondimos con moroso entusiasmo. El Dr. Aballí continuó:

–Hoy vamos a considerar el caso de Rosa Fernández, que como ustedes bien saben sufre de anorexia nervosa, cosa rara en nuestro país... Bueno, anoche trató de suicidarse por segunda vez, y quería discutir con los compañeros un nuevo plan de tratamiento, ya que lo ejecutado hasta el momento no ha causado resultados positivos en la paciente. A ver, compañero –titubeó– Dr. Leanto, qué sugiere...

–Me van a perdonar los compañeros –interrumpió Adalberto, uno del Partido–, pero nosotros también tenemos algo de mucha gravedad en nuestra agenda. Algo a lo que el Partido está dando prioridad, y, para ser breve, nada más les digo, que el plan de movilización para la siembra de viandas en todos los espacios disponibles del territorio tendrá efecto a partir de mañana.

Dejó de hablar abruptamente para después añadir maquinalmente:

–Patria o Libertad. Venceremos.

El Dr. Aballí, súbitamente de buen humor y algo perplejo le sugirió al muchacho que lo mejor y más apropiado sería discutir el tema de la siembra de "frutas y vegetales" durante la reunión de la tarde, que se prestaba más para esos temas.

–Bueno, pues a mí me parece apropiado hablar de estas cosas ahora, ya que estamos discutiendo sobre una compañera que no quiere comer porque no le da la santísima gana. Y yo, y el Partido –recalcó, acomodándose el quepis militar– vamos a sembrar viandas para los obreros que quieren comer y no pueden.

Adalberto sudaba copiosamente a causa del calor y el esfuerzo que le costaba tener que hablar ante los médicos.

Menos afable, pero en un tono que quería causar la impresión de ser cordial, el Dr. Aballí dijo:

–Sí, compañero, nosotros también compartimos su preocupación por la alimentación del pueblo.

Y añadió en un tono que no ocultaba cierta ironía:

–Usted sabrá que el patio del Hospital fue pavimentado hace más de un año y que allí no se pueden sembrar ni siquiera plantas de henequén.

El Dr. Aballí escondía una sonrisa detrás de su espeso bigote.

Adalberto, frustrado, con un tono de voz conscientemente controlado, respondió:

–Miren, compañeros, yo tengo mis órdenes y si el Partido quiere plantar café o lo que sea en el patio del Hospital, se planta. O sea, que mañana, a las cinco en punto, los señores doctores deben reportar como Brigada Voluntaria al patio del Hospital. Si hay que romper el pavimento, se rompe. Porque si el Partido así lo quiere allí van a crecer las matas de café más productivas de toda la Isla. Si tienen algún inconveniente, pasen a hablar con el Comandante. Ya saben que su puerta está siempre abierta. ¡Patria o Libertad!

Abandonó la reunión, dando un portazo que quiso parecer accidental. Ese día, en ese preciso momento decidí que tenía que escapar de la Isla. Tres días más tarde, inesperadamente, me llegaron órdenes de partir para Angola como asesor médico de una compañía de infantería. Como castigo, pensé, ya que ese tipo de asignación no era considerada como recompensa, sino, más bien, como una represalia a lo que ellos llamaban "diversionismo ideológico". Pero yo no pensaba morir en Angola. Sabía que nuestros aviones hacían escala en Montreal y allí pediría asilo. Conocía bien el aeropuerto. Había estado allí varias veces rumbo a la Unión Soviética, donde hice mis estudios de psiquiatría. Recordaba muy bien el área donde se nos confinaba, sobre todo la cafetería, donde se nos permitía comer. Allí se llegaba por medio de una escalera giratoria. Al fondo estaban los baños. Me dirigiría a la camarera, y le diría:

–Please, I want a Coca-Cola I want political asylum.

No estaba seguro de la pronunciación, pero podía ir a la biblioteca del Hospital para verificarlo. Después, me dirigiría a los baños a esperar. Me rescataría la Policía Montada. ¡Qué extraño me sonaba aquello de Policía Montada! Ese era el plan, sabía que necesitaba perfeccionarlo, pero en el avión tendría más tiempo para pensar.

En casa todo era llanto y tristeza. No comenté mis planes con nadie. Gozaba secretamente imaginando que un día la distancia me separaría de esta gentuza, de una situación que yo encontraba inaguantable y desesperante.

Llegó el ansiado día de mi partida. La gente me encontraba nervioso, pensaba que era porque me iba a Angola a pelear y a arriesgar la vida "por la Patria", como dijo alguien. Yo, en cambio, me sentía nervioso al repasar en mi mente los planes de la fuga. Me angustiaba pensar que la camarera sólo hablara francés. Me aterraba pensar que me acompañara a la cafetería, como ocurría a veces, uno de la Seguridad del Estado y que no pudiera ir solo a la barra, a pedir mi Coca-Cola. Me corría un sudor frío por todo el cuerpo. Al mismo tiempo, encontraba algo sensual en el miedo que me consumía.

El aeropuerto de La Habana estaba completamente cerrado al público. Mi familia no pudo despedirse de mí como ellos querían. Me sentí liberado. En el vestíbulo, una banda militar tocaba una marcha rusa. Cargada de instrumentos médicos, la enorme mochila militar me hacía perder el equilibrio. Me sentí aliviado de no tener que cargar el fusil que tanto odiaba.

Pasamos uno a uno, ante varias "Estaciones de rectificación"'. Examinaban los diferentes documentos: el carnet de identidad, el certificado de vacunas, el resultado de los rayos equis, el informe de limpieza ideológica. En otra sala de espera nos dividieron en grupos de cuarenta. Allí recibimos cada uno un papel blanco, burdamente cortado con tijeras escolares. En éste había un número escrito a lápiz. A mí, me tocó el veinticuatro.

Era un proceso muy lento. Habíamos llegado a las seis de la mañana y ya eran las dos y treinta de la tarde. El calor era insoportable. De nuevo en fila, se nos ordenó proceder hacia la escalerilla que nos permitiría el acceso al avión. Me sorprendió que de toda la documentación que cargábamos, sólo se nos pidiera el papel con el número escrito a mano. Una mano diestra le hizo una perforación. Cada número correspondía a un asiento en la cabina del avión. El miedo se hacía evidente por el silencio que guardábamos todos. Los motores del avión estaban apagados. No había ninguna señal de camaradería; ni siquiera los reclutas más jóvenes intercambiaban palabras. Quizás una que otra mirada de complicidad.

Había ya más de doscientos soldados instalados en el avión. Yo, entre ellos, sufría a causa del calor y la ansiedad. El aire acondicionado también estaba apagado. Nada indicaba que íbamos a despegar. Entonces noté que lejos, en el pasillo, un grupo de unas cinco personas se movía en dirección nuestra, dando la impresión de ser un espejismo en el desierto. Parecía que recogían o verificaban algo. El joven recluta a mi lado sugirió tímidamente:

–A lo mejor, traen refrescos.

Sonreí. Todo había adquirido un aire fantasmal. Al acercarse a nuestra fila, pidieron de nuevo el papel con el número. Yo había colocado el mío en uno de los numerosos bolsillos mal cosidos de la chaqueta militar. Lo encontré, no sin cierta dificultad. Se lo entregué a la miliciana. Ella me recriminó con la mirada. Perforó por segunda vez otra esquina del arrugado papel. Lo alisó con la mano y me lo devolvió.

–No estamos jugando –me dijo.

Traté de entablar conversación.

–Compañera, ya es la segunda vez que controlan el número de asientos. ¿Pasa algo? –Pregunté, tratando de parecer ingenuo.

–Sí, sobra un papelito. Hasta que no hagamos la verificación no podremos despegar.

Sonreí de nuevo. No podía imaginar que nadie tratara de escapar de la Isla vestido de militar y menos todavía en un avión con destino a Angola.

Eran ya más de las ocho de la noche cuando encendieron los motores y las luces interiores. Me sentí esperanzado. Poco después, se me acercó de nuevo la misma miliciana. Automáticamente le entregué el manoseado papel, con el número veinticuatro ya apenas distinguible.

–No es eso. ¿Es usted el Dr. Barnet?

Asentí temeroso con la cabeza.

–Aparentemente ha habido un mal entendido. Algo relacionado con una de sus pertenencias. No es nada grave. Descienda conmigo inmediatamente.

Ensayé decir algo que resultó en un balbuceo:

–Es que yo…

–Obedezca, compañero, es siempre lo mejor.

La trayectoria de regreso por el pasillo del avión me pareció más larga que antes. Reinaba el silencio. Nadie se atrevió a mirarme. Canallas todos. Reconocí el perfil del Dr. Aballí, escondido tras su bigote de indio.

Al bajar del avión me esposaron. Ya dentro de la terminal me pusieron con la cara contra la pared. Un militar que se identificó como abogado me dijo que había cargos contra mí.

–Seré franco, compañero, hemos encontrado unos apuntes escritos por su propia mano. Son claras evidencias de que usted desea abandonar el país y hasta involucra a la compañía Coca-Cola y quien sabe si a la CIA.

Sonó los tacones al estilo militar: "Patria o Libertad. Venceremos".

Las mesas

Hacía diez años que no veía a sus padres. La Revolución lo había impedido. El niño del trópico se había convertido en hombre en un país lejano y frío. Después de innumerables trámites y visitas al Consulado se hizo posible el retorno a una isla ausente, a treinta y cuatro años de distancia.

Durante el vuelo se les dio de comer a los niños primero. "Los niños son la esperanza del mundo", fue la explicación dada por la azafata. "Buen augurio", pensó él. El ron era gratis y abundante. Él se abstuvo. Habían pasado tantos años. Quería conservar despejados todos sus sentidos. No quería perderse nada. Ver la ciudad, ver los árboles, respirar aquel aire tan lleno de recuerdos y melancolía. Sentirlo todo tal y cual lo recordaba.

Aterrizaron. Descendieron. Él siguió el cordón de pasajeros que lentamente comenzaba a desfilar. Abruptamente se encontró frente a una miliciana. Todo un fusil ella. Ella, un rifle viviente apuntado contra su vientre. El centro de la mujer, notó, demostraba una gordura algo peculiar. Una barriga hinchada, resaltada por el pantalón de hombre que la ceñía.

"Parece un globo mal inflado", pensó.

–Permiso de entrada –murmuró ella con indiferencia.

–Permiso de qué.

–La visa.

A él nunca se le había ocurrido que la necesitaba para entrar en su propio país. La Compañía Revolucionaria de Aviación le había vendido los boletos. "¿Por qué no se lo habían advertido? Qué tonto soy", pensó y supuso muchas cosas. El viaje arruinado, las niñas decepcionadas, la esposa que lo recriminaría: "*Didn't I ask you if we needed a visa?*"

En todo caso, allí estaban todos, él, su familia y la miliciana.

–Ustedes se vuelven a montar en el avión y se van –dijo con convicción la mujer.

Les indicó con un gesto que se sentaran. Ellos se miraron entre sí. Las niñas querían saber lo que estaba ocurriendo. Esperaron en silencio. Observaron cómo dos soldados arrastraban a un anciano hacia un avión. Él protestaba. Ellos respondían en alta voz:

–Usted se va. Aquí no queremos escoria.

Las niñas observaban el espectáculo como si fuera un programa de televisión.

–Tengo hambre –dijo la mayor.

Ese año todavía servían comida en las cafeterías del Estado sin necesidad de presentar la cartilla de racionamiento.

–Siéntese, compañero –gritó la miliciana, aunque menos agresiva.

–Es que las niñas tienen hambre.

–Bueno, pase a la cafetería. Pero usted solo.

No se atrevió a preguntar por qué. En la barra, tomó el menú grasiento con la punta de los dedos. Lo leyó con cuidado. Conocía los gustos de la familia. Seleccionó:

–Déme dos de pavo, tostado. Un batido de…

El camarero lo miró atónito. Lo interrumpió.

–Sólo quedan de jamón y queso, y además, entérese, aquí ya no tostamos sándwiches.

–Y para beber, ¿qué hay entonces?

–Cerveza.

–Sí, entiendo, pero mis hijas no beben cerveza.

–Hay jugo de naranja, pero sólo se sirve con ron.

Sonrió.

–Mis hijas tampoco beben ron.

–No es culpa mía –dijo el camarero.

Notó que al final de la barra había un hombre con cara de borracho. Lo invitó a tomarse un trago. El hombre accedió. Indicó al camarero no mezclar el ron con el jugo. Al parecer, se permitía. Tuvo que realizar varios viajes de la barra a la sala de espera. No había bandejas. Al regresar por última vez de la cafetería, se encontró con dos jóvenes vestidos de civil que trataban de comunicarse con su esposa. Ella se desenvolvía en su mejor español universitario en desuso desde hacía ya varios años. Ellos, por su parte, chapurreaban con dificultad, en un inglés lleno de epítetos revolucionarios. Los interrumpió al llegar.

–¿Es usted el caso Márquez? –preguntó el más locuaz.

–¿Caso? –dijo sorprendido.

–No, caso no.

Procedió a explicarles lo ocurrido. Escucharon atentamente. Uno de ellos salió. Volvió, susurró algo entre dientes. Salió de nuevo apresuradamente.

Para distraerse miró hacia el techo del deteriorado edificio. Pensó que alucinaba cuando vio a su hermano saludándolo detrás de un cristal.

No le devolvió el saludo por miedo a parecer subversivo ante el joven de la Seguridad del Estado que le interrogaba.

–Mire usted –dijo él en su mejor tono de profesor autoritario– yo vivo en Canadá, soy ciudadano canadiense. Comprende.

–Despacito, no se ofusque, compañero. Veamos, usted nació aquí, ¿sí o no?

–Sí y no –gritó descontrolado. Su comportamiento comenzó a atraer la atención de los otros pasajeros.

Apareció otro joven en uniforme militar. Los galones anchos y rojos daban la impresión de pertenecer a otra época, a otro tiempo.

–¿Es usted el caso Márquez?

–Sí –dijo entre dientes.

–Un caso, el caso Márquez, sí.

–¿Tiene permiso de entrada?

Le entregó el boleto de avión.

–No veo cual es el problema, compañero. Mándalos para el Sheraton Libre.

Se despidió con un saludo militar.

–Bienvenidos a Abuc. Patria o Libertad. Venceremos.

El hermano los esperaba afuera de la terminal. Hacía calor. Se abrazaron.

–*We made it*–dijo la esposa con entusiasmo.

–Viste qué cosa –dijo él.

Las niñas estaban felices. En el hotel había piscina. La madre los esperaba en el suntuoso lobby. Antiguo y decadente, había sido sitio de reuniones para la olvidada sociedad anterior. Se abrazaron. Se encontró con sus huesos y tembló.

Atardecía. Decidieron cenar en el mismo hotel. Entraron en lo que había sido un lujoso restaurante. El maître vestía un tuxedo raído en las solapas por el uso y el tiempo. Obsequioso les dio la bienvenida.

–Patria o Libertad. Venceremos. Hasta la victoria siempre.

–Mesa para siete, por favor.

Habló, seguro de sí mismo, anticipando, al menos, una buena comida criolla. El maître parecía sorprendido.

–Mesas para siete no hay, sólo para cuatro... podemos dividirlos...

–No, señor –rectificó–, compañero. Queremos sentarnos juntos y si no, por lo menos al lado. Vea usted, hace mucho tiempo que no nos vemos...

–Lo siento, pero las mesas para siete no están permitidas –recalcó enfático el compañero maître.

–Sería posible juntar dos mesas de cuatro –sugirió alzando la voz, de nuevo atrayendo la atención de un público que insistía en el susurro.

–No está permitido, compañero.

–Sería mejor no complicar la situación –susurró el hermano.

Resignado, comió con las hijas al otro extremo del gran comedor. Sonrió, para las niñas todo era un juego.

–*Why don't you go and visit grandma? We are going to preted we are having a tea party.*

–Mejor sería no complicar las cosas –les dijo sonriente.

Era tarde. Se sentían muy cansados. Al llegar al ascensor se les anunció que la madre y el hermano no estaban autorizados a subir. Sólo los huéspedes del hotel. Se miraron.

–Cállate y sube, nos veremos mañana –sugirió el hermano.

Entraron en la habitación. Dos camas simples. En una de ellas, una nota escrita a mano:

Compañeros:

Salen en el vuelo 1236 para Toronto, Canadá, hoy. Favor de llegar con dos horas de anticipación.

Patria o Libertad. Venceremos.

Ministerio de Seguridad del Estado

Talento

Los elogios siempre fueron escasos durante mi niñez. En una ocasión, el representante de una compañía de materiales de arte pasó por las escuelas privadas de Camagüey y regaló a cada estudiante de tercer grado una caja de lápices de colores de la marca Mirado.

Esa tarde, en la clase de arte de la señorita Garrigó, realicé mi primer dibujo. Las instrucciones de la Señorita eran dibujar una familia sentada alrededor de una mesa. Mientras me mordía la lengua, laboriosamente traté de dibujar a mis padres y hermanos sentados en la mesa del patio, comiendo nuestro habitual plato de arroz con frijoles y plátanos fritos. La maestra me felicitó efusivamente, me pellizcó los cachetes hasta causarme dolor y repitió varias veces:

–¡Este muchacho tiene mucho talento!

La palabra talento era desconocida para mí, pero lo que más me gustó fue el tono con que la maestra me elogió ante mis compañeros.

Después de clases no fui directamente al parque a jugar con mis amigos y dar patadas a la pelota de fútbol como era mi costumbre. Me dirigí a casa. Mamá, como siempre, abrió la puerta, me dio un beso frío y se retiró hacia la cocina, desde donde ejercía el control de la casa. La seguí.

–Mamá, me ha dicho la señorita Garrigó que tengo mucho talento.

–Para qué, para molestar a los otros.

–No, no, mamá. Es que he dibujado algo que le gustó mucho a la maestra.

–Mira, mejor esperas a que llegue tu padre de la consulta, él sabe más de esas cosas.

Mamá regresó a su tarea en la cocina. Cortaba plátanos maduros.

Entré en el despacho de papá y coloqué con cuidado el dibujo en el centro del gran escritorio. Salí sigilosamente, como si él estuviera presente. Me retiré a la habitación que compartía con mi hermano menor a leer "muñequitos" y así pasar el tiempo hasta que llegara papá de la clínica.

A las siete llegó. Puntual y metódico, sin saludar a nadie. Siempre lo mismo, iba directamente a su oficina a beberse unos whiskys para así preparar la transición entre su trabajo de médico y el de esposo y padre en nuestra casa. Usualmente era un hombre muy callado y de pocas palabras. Esa vez lo oímos gritar:

–Angelina, quién puso ese dibujo en mi escritorio, está muy lindo, seguro que lo pintó María.

–No –dijo mamá con poco entusiasmo–, lo trajo Emilito de la escuela. A lo mejor se lo copió a uno de sus compañeros de clase. Ya tú sabes como es él.

Papá rugió:

–¡Emilito! Ven acá ¿De quién es este dibujo?

–Pues mío –balbucí.

–Júramelo en nombre de Dios.

–Lo juro. Yo mismo lo pinté en la clase de arte. Si no me cree, llame a la señorita Garrigó. Ella dijo que yo tengo mucho talento.

Recalqué la palabra talento con cierta ingenuidad. Papá sonrió debajo de su espeso bigote negro. Más tarde, pegó el dibujo en la pared con esparadrapo, debajo del retrato de la abuela. Allí se mantuvo mi primera creación durante varios meses. Descolorido se aferró a la pared hasta que los cuatro trozos de esparadrapo se cansaron de cargar con mi obra. Un día cayó al piso. La compulsiva escoba de la sirvienta barrió con él. Se desconoce su paradero.

El día en que me dijeron en la escuela que tenía talento,

me marcó de tal manera, que decidí hacerme pintor. La oportunidad se presentó cuando ingresé a la Universidad. Después de terminar el bachillerato con gran dificultad, mis padres, desesperados, me enviaron a estudiar a Canadá y no a la Florida como hacía la mayoría de mis parientes. "Mientras más lejos, mejor" debieron pensar.

El día que fui a matricularme seleccioné las asignaturas, guiado por los títulos que me parecían más atrayentes: psicología, sociología, inglés y una última materia optativa, "Arte para principiantes".

Por la mañana fui a la tienda de la Universidad para comprar los materiales requeridos. También compré una caja con lápices de colores "Mirado", como aquella que me habían regalado en la escuela, sólo que ésta contenía cien lápices y no veinte como aquélla.

Llegué a la primera clase de arte con varios minutos de retraso. Había doce caballetes colocados en semicírculo. El profesor Bird era un hombre bajo, enjuto; el pelo blanco y rizado le daba un aspecto de pájaro. Sin saludarnos y con movimientos afeminados, nos dio varias instrucciones. Nos indicó que dibujáramos "algo" relacionado con la naturaleza. Pánico. El corazón me latía con rapidez y me temblaban las manos. El mismo miedo que sentí cuando tuve que escribir mi primera carta a mis padres desde un campamento de verano. La mente totalmente en blanco. ¿Pintar qué? Decidí dibujar aquella escena de la mesa, sólo que ahora, le añadiría unas palmeras azotadas por un viento tropical como fondo. Laboriosamente dibujé la mesa, las sillas y aún con más dificultad los diferentes miembros de la familia transformados por el tiempo. Me sorprendió la similitud con aquel primer dibujo, tan alabado por la señorita Garrigó, salvo por las inclinadas palmeras que parecían como abuelitas deformadas por el viento.

Fui el primero en terminar. Miré de reojo los dibujos de los compañeros a mi lado. Noté que eran más elaborados que el mío. Ansioso, fingí retocarlo. Esperé. El profesor Bird anunció: "*Your time is up*", al tiempo recogía los dibujos.

Al tomar el mío, me pareció notar en sus ojos la mirada y la voz de mamá diciendo:

–Talento para qué, para molestar a los otros.

El profesor Bird tomó una silla plegable y la colocó en el centro del salón. Se sentó teatralmente. Se montó en ella con el respaldar de frente. Observó los doce trabajos con la rapidez de su experiencia. Seleccionó mi dibujo con la punta de los dedos, como si estuviera mojado o sucio. Sin embargo, de alguna manera me sentí elegido.

–*This is the kind of drawing I never, repeat, never, never want you to do. The composition is poor and the choice of theme prosaic.*

Transcurrieron unos largos segundos antes de que pudiera comprender lo que decía, que a mi dibujo le faltaba talento. Poco a poco, se me borró la ingenua sonrisa que llevaba en el rostro. Sentí deseos de llorar. Me levanté como en cámara lenta. Medí con cuidado la distancia entre la silla y la puerta que me esperaba. Sigilosamente abandoné el salón de clase. Murmuré como mejor pude en mi acento cubano:

–*I am sorry.*

Navidades

Siempre la misma vaina. Acostarse temprano el día de Navidad. Éramos tres, mis dos hermanas y yo. Janet la mayor, ya adolescente, se mostraba más atrevida. Los menores no osábamos movernos de la cama, pero ella sí, se levantaba y sin miedo nos susurraba:

–Bajo a ver lo que les trajo Santa Claus este año.

Se sentaba al estilo indio enfrente del blanco árbol de plástico y uno a uno abría los regalos. Les quitaba la cinta de pegar cuidadosamente para después dejarlos tal y cual los había encontrado. Después nos despertaba bien entrada la noche para contarnos lo que no debíamos saber hasta el próximo día. Concluía su letanía asegurándonos que lo de Santa era una bobería inventada por los adultos.

Nosotros nos tapábamos los oídos con la punta de los dedos o metíamos la cabeza debajo de la almohada, negando así una realidad que ya habíamos sospechado era cierta. Ella persistía:

–Bragas, calcetines, libros, lápices... pura, pura basura.

La mañana de Navidad, nunca antes de las nueve, por orden de papá, entrábamos en la habitación para despertarlo. Gordo y peludo como una foca, bocabajo en el centro de la cama.

–Feliz Navidad, papá –decía Janet tirándole de una oreja.

Él, entre sueños, respondía:

–Bueno, si quieren que me levante ya saben lo que tienen que hacer.

Entonces comenzaba el asunto del masaje. Primero Betty, la menor, tenía que tirarle de los dedos del pie y después de los de las manos. Eso, según él, le hacía circular la sangre por las coyunturas. Boca arriba hacía que Janet le masajeara el peludo vientre. A ella, le causaba asco, lo hacía con los ojos cerrados, mordiéndose la lengua hasta que se le ponía azul. Él, mientras tanto, producía sonidos muy extraños, como si se estuviera ahogando.

La etapa final del ritual llegaba cuando se volteaba sobre su inmenso estómago, invitándome a golpearle la espalda con los puños. Tenía que hacerlo cuidadosamente para no pasarme. En una ocasión se me fue la mano. Papa reaccionó lanzándome contra la pared, con tal fuerza que rompí la silla antigua herencia de la abuela inglesa.

La Navidad del 62 fue igual o casi a las otras. Janet abrió los regalos prematuramente, como era su costumbre. A papá hubo que hacerle el masaje y yo, como siempre, tuve que boxear con él enfrente de toda la familia, siguiendo aquella amarga tradición. Papá nos hacía esperar. Entraba al gran salón de las visitas bien entrada la tarde, después de desayunar con mamá en su habitación. Al llegar, decía con voz ronca y teatral:

–Feliz Navidad a toda la concurrencia –pausa–. Emile, busca los guantes, que hay que demostrarle a la familia que ya eres casi un hombre.

Tendría yo entonces unos quince años y en realidad era bastante grande para mi edad. Era casi tan alto como papá. Entre los rituales practicados en casa era éste el que menos me gustaba. Me sentía torpe, humillado.

Comenzaba el día de Navidad con los guantes puestos, de pie frente a la gran chimenea. Yo, delante de todos, indefenso. Primero el discurso de cómo me había ido en el colegio, de mis triunfos, de mis errores cometidos ese año... y cuando me distraía absorto por su voz de Comandante en Jefe... ¡pum!, me pegaba una fuerte bofetada con el lado del guante de boxeo.

–Me parece que Emile no se ha hecho hombre todavía –decía satisfecho, sonriente–. Ala, chaval, siéntate. A lo mejor el año que viene.

Se quitaba los guantes, se bebía un vaso de whisky y comenzaba a distribuir de los regalos que nosotros obedientemente le traíamos.

La Navidad del 62 fue diferente. No sé como ocurrió. Había acumulado una furia antigua y primitiva. Algo que vivía en mi pecho y quería ser lágrima. No le di la oportunidad de hablar, le pegué un puñetazo en la nuca con tal fuerza que se derrumbó sobre el árbol de Navidad, rompiendo varias de las bombillas blancas, rojas y verdes que lo adornaban. Silencio. Noté entre todas las caras serias del grupo la de Janet, sonreía con complicidad.

Uno de los tíos se raspó la garganta y ensayando un chiste:

–Parece que el muchacho ya se hizo hombre.

Papá se levantó confuso, se sirvió un vaso de whisky. Comenzó a repartir los regalos como si nada hubiera ocurrido.

A partir de ese año no se volvió a repetir el rito del masaje ni la lucha pugilística ante la chimenea. Aunque eso sí, papá continuó haciendo su "Grand Entrance" la tarde del día de Navidad.

El evento nunca fue comentado ni repetido entre nosotros. Pensaba que lo había olvidado. Sólo hoy que mi hijo me ha regalado unos guantes de boxeo por Navidad reflexiono, recuerdo, pero no me los pongo.

Besos

> **Beso** (del lat. *basīum*) m. El movimiento de los músculos labiales con el que los labios primero se contraen y luego se relajan de improviso; el beso no es, por tanto, más que un tipo de espasmo.

Mamá no fue nunca generosa con sus besos. Sin embargo, era una costumbre diaria, ya que no permitía que ninguno de sus siete hijos, todos varones, salieran de la casa sin darle un beso.

–Hay que ser desagradecido para salir del hogar sin besar a una madre.–

El tono era firme y provocaba un sentido de culpabilidad en el que se atrevía a tal desconsideración. Lo curioso era que cuando besaba, especialmente a un varón, colocaba la cara de tal modo que uno siempre acababa por besarle la parte anterior de la nuca. La expresión en su rostro, era entonces una mezcla de asco y resignación. No será entonces difícil para el lector comprender cómo yo, hijo de tal madre, heredé la aversión a cualquier tipo de beso.

BESO 1

> "El intercambio de las almas; el mayor estimulante de la libido y el placer amoroso".

El primer beso amoroso que recuerdo, me lo dio María, una chiquilla de quince años. Después de intercambiar un breve "hola, qué tal, cómo estás", nos encontramos, sin preámbulo alguno, revolcados en la fina arena del puerto de Nuevitas. Parecíamos dos ahogados en búsqueda de un último suspiro. Esta experiencia no me complació totalmente, ya que nuestros dientes resonaban como las teclas de un piano desafinado.

Sin embargo, nos declaramos un amor sin fronteras, abierto y permanente. Me había olvidado de ella, hasta que un día se presentó sin anunciarse previamente por mi barrio. Su osadía llegó a tal punto que se atrevió a tocar a la puerta de Lugareño 70–A. Mamá, que siempre controlaba la puerta de entrada, la abrió y gritó, sin preocuparse por la entusiasmada niña que me buscaba, que ahí estaba una cualquiera, una chusma color de arena. Insistió en que me la llevara por donde había entrado, porque en una casa decente como la nuestra no había cabida para mujeres de la calle.

–De dónde acá –pregonó–, se había visto a ninguna mujer decente caminar por las calles, sola como un perro.

La acompañé en silencio hasta el bar de la esquina. Nos apretamos las manos. Nunca más volvió ni yo traté de encontrarla.

BESO 2

> "Cuando dos enamorados se besan todo su cuerpo reacciona, y se activa el deseo. Físicamente, un ósculo amoroso produce un aumento de ritmo cardíaco y de la actividad del tiroides, del páncreas y de las glándulas suprarrenales que liberan adrenalina".

El segundo beso fue aún más complicado, ya que a mi obsesión por besar y ser correspondido se le añadió la necesidad de comunicar mis sentimientos por medio de palabras. Sentía necesidad de decirle a la chica que se encontraba ante mis labios que la amaba –como en las películas– y que no la quería como la gente común y corriente. La dificultad estaba en que estas palabras nunca salían fluidamente de mi boca. Me sentía como el niño que tira la piedra y cierra luego los ojos para no ver las consecuencias. Por suerte o por desgracia, no lo sé, tropecé con la bebida. Después de un par de cervezas, los sonidos brotaban sin dificultad, pero, claro, sólo cuando estaba frente a un espejo, cuando me encontraba solo o cuando repasaba mi rutina con algún compañero del colegio.

Un día de carnaval me presentaron a Gilda en el Club Atlético. No era guapa como Sandra Dee, pero poseía una belleza exótica, misteriosa. Estudiaba ballet, su forma de caminar fue lo que causó que me enamorara de ella.

En el preciso momento en que me la presentaron, decidí declararle mi amor y sellarlo con un beso. Me despedí lo más cortésmente que pude y me dirigí a la barra de los licores mágicos (rojos, verdes, blancos) iluminados por la luz del bar. Opté por un par de cervezas que terminaron en tres. Las bebí sorbo a sorbo, hasta que, suficientemente anestesiado, procedí a hacerle a Gilda una declaración de amor. No sentía miedo, pero curiosamente las manos me temblaban como si estuvieran desconectadas del resto del cuerpo. Gilda estaba sentada en una mecedora de mimbre, meciéndose al compás de un bolero. Caminé hacia ella, sintiendo que había algo irreal en mis pasos. Apresuradamente, le espeté:

Gildaadesdelprimermomentoenquelalavihesentidoporudalgomuyespecial… yo…

Intenté chupar desesperadamente el Chesterfield, casi terminado, que colgaba de mis dedos. Me lo llevé a los labios, a la manera de James Dean. Desafortunadamente lo que me metí en la boca no fue el filtro sino la parte encendida del cigarrillo. El ardor hizo que saltaran de mis ojos tres grandes lágrimas saladas que rodaron por mis mejillas, balbucí algo ridículo, "discúlpame, me siento indispuesto". Todavía, a pesar del tiempo pasado, escucho su risa de niña traviesa y sus palabras… "pobrecito".

BESO 3

Decidí apartarme de toda ocasión que condujera a cualquier tipo de expresión amorosa. Descubrí la organización de los Boys Scouts y con ellos que comencé a sentirme liberado de los besos. Entre nosotros todo era empujones, manotazos, retozos y de vez en cuando levantábamos los dedos para jurar amor a Dios y a la Patria, o prometer que ayudaríamos a los ancianitos a cruzar la calle. La última promesa nunca la cumplí por miedo a que alguna viejita me besara como señal de agradecimiento.

Después llegó Fidel con su Revolución y me enviaron a Canadá para aprender inglés y francés, ya que el nuevo Gobierno me había asignado como profesión convertirme en "azafato" en la recién creada Compañía de Aviación.

Pocos días después me uní a una tropa de Rovers canadienses, que eran como Boy Scouts sólo que nos diferenciaba el incipiente vello que ahora nos corría por las piernas, entonces visible a causa de los ajustados pantalones cortos, parte esencial del uniforme.

La tropa tenía el centro de operaciones en un convento jesuita y allí conocí al líder del grupo, un tal Maurice, bajo, rosado y rechoncho como un cerdo. Conmigo siempre fue muy amable y aunque nos comunicábamos con dificultad un día llegamos a tener una conversación, iniciada por él, sobre las diferencias entre las comidas cubanas (el plátano frito, los frijoles negros, la yuca...) y las canadienses (las patatas fritas con vinagre, el pastel de manzana *à la mode*). No sé como ocurrió, pero terminamos platicando sobre las ventajas de la comida china.

–Pues un día de estos paso por tu casa y te invito a comer chino.

Olvidé la invitación. Continuamos las marchas por bosques quebequenses. Pasé ratos muy agradables cantando como soldaditos de plomo, dentro de nuestros uniformes decorados con medallas falsas y pantalones que sugerían un estado intermedio entre la infancia y la hombría.

Fue durante una de estas marchas forzadas que uno de los líderes de la tropa dijo en voz alta y con picardía que yo era *mignon.* Noté como su mirada se cruzó con la de Maurice. Él, algo incómodo, se llevó un dedo a la boca indicando discreción. Archivé ese momento en el cajón de los recuerdos sin prestarle mayor importancia, aunque consciente de lo extraño del momento.

Maurice pasó a recogerme una tarde de verano en su Ford descapotable. La invitación se había hecho realidad, me sentía verdaderamente feliz.

Viajamos por carreteras desconocidas para mí y era obvio que nos habíamos alejado mucho de la ciudad. Corríamos en silencio, él no hablaba mucho, lo cual me apetecía ya que nuestras conversaciones eran muy forzadas a causa de mi poco conocimiento del francés y del inglés. De vez en cuando ponía su gruesa mano sobre mi rodilla, dándome leves palmaditas mientras que murmuraba entre dientes:

–*Très mignon, très mignon...*

Maurice sugirió que paráramos para estirar las piernas entumecidas por el largo viaje. Abrió la puerta del coche, se bajó y se dirigió directamente hacia mí. Sin preámbulo alguno trató de besarme en los labios, los ojos cerrados, la boca la forma de un cero. Lo rechacé, consciente de sus labios de cerdo. Lo intentó de nuevo. Parecía sorprendido de que yo lo rechazara. Frustrado, subió al coche y me dejó allí, abandonado en un lugar totalmente desconocido para mí.

Angustiado pensé en cómo regresar a casa. Esa tarde tuve claramente fija la imagen de mamá cada vez que teníamos que besarla.

La mano en la pared

Ovos omnes qvi transitis, attendite, et
vidte si est dolor si cvt dolor mevs

Papá pasaba el tiempo obsesionado por sus manías de limpiar y reparar la casa que habíamos heredado del abuelo. Mamá, siempre ausente, volvía tarde del trabajo, cenaba frente al televisor y con el plato de comida sin terminar se dormía.

Un día de tantos a papá le dio por reparar una grieta en la pared, al lado de la escalera que conducía al segundo piso. Trató de rellenarla con una argamasa blanca e indócil. Realizaba esta labor con una energía marcada de ansiedad e impaciencia.

Nosotros, libres en ese momento de su constante supervisión, nos entreteníamos persiguiéndonos. Subíamos por la escalera principal y bajábamos por la destartalada escalera de servicio. El que se dejaba atrapar sufría la humillación de que el ganador le frotara fuertemente el cogote con los nudillos de la mano, para después obligarlo a besarla, como hacíamos con la del obispo en la catedral los días de fiesta. Después cantábamos a coro:

–Ramo, ramo, somos tu amo.

Ese día yo había ganado casi todas las vueltas, sólo me habían atrapado una vez. Corríamos felices y papá, de vez en cuando, interrumpía su labor diciendo:

–Muchachos tengan cuidado que se van a romper la crisma.

El juego siempre nos pareció muy divertido, hasta que yo di un traspié y, tratando de mantener el equilibrio, caí sobre la grieta que papá había acabado de reparar con tanto esmero. La palma de mi mano era evidente sobre la argamasa recién alisada. Mis hermanos me observaban, incrédulos. Traté de repararla alisándola con las manos, pero la argamasa, ya endurecida rodó por la alfombra. Me dirigí hacia el baño situado a la derecha del descanso de la escalera. Tomé una toalla. Con ella traté de limpiar la alfombra manchada de argamasa. Miedo. Había utilizado la toalla favorita de mamá.

Temerosos, nos metimos en nuestras camitas a esperar. Sabíamos, por previas experiencias, que las consecuencias podían ser graves. Se oyó un gritó:

–¿Qué pasó? Muchachos, bajen, carajo.

Nos miramos indecisos.

–Si no bajan inmediatamente les aseguro que va a ser peor.

Papá tenía los ojos hinchados como un sapo. La parte derecha del labio superior temblaba independientemente del resto de su cara.

–Vamos a ver. Si me dicen quien es el responsable no hay problema. ¿Fuiste tú, Emile?

Emile lo negó, moviendo la cabeza de un lado para otro.

–Entonces, tienes que haber sido tú, Betty, que siempre estás metida donde no debes.

Ella respondió con timidez:

–No papá, le juro que no fui yo.

–Mentirosa. Tiene que haber sido Janecita. Fuiste tú, ¿verdad?

Yo también lo negué, meneando la cabeza rítmicamente.

Papá repitió el interrogatorio varias veces sin obtener mejor resultado. Frustrado amenazó:

–Cuando mamá regrese esta noche del trabajo se lo contaré todo. Aténganse a las consecuencias.

Mamá volvió tarde del trabajo, como de costumbre. Papá le relató lo ocurrido, la mano en la pared. Olía a licor.

–Deberías volver a casa más temprano y ayudarme más con los niños.

–Alguien debe ganarse el pan en esta casa. Tus poemas, como bien sabes, no pagan ni siquiera la leche de los niños. Por eso, me oyes, llego tarde. Además, no te debo ninguna explicación.

Papá respiraba como un ahogado, parecía que iba a romper a llorar.

–Los niños han estado insoportables. Destrozaron la pared. Yo, solo no puedo más. Un día de estos me pego un tiro y arréglenselas como puedan.

–Cállate, estoy harta de tus cantaletas y amenazas. Si no puedes controlar a tres chiquillos, ¿con quién puedes? Te voy a enseñar cómo se hacen las cosas.

Mamá nos indicó que entráramos en su habitación. Miedo.

–Quítense la ropa y métanse en la ducha.

Entró en el baño con una correa de cuero en la mano. Comenzó a golpearnos sistemáticamente. Yo, primero; después Betty. El último en recibir su furia fue Emile. Golpes en la espalda. Sangre. Me di cuenta por el color del agua que corría a mis pies. Mamá parecía no querer acabar. Me atreví a decir:

–Ya, mami, ya.

Ella me miró como volviendo de un sueño. Dejó caer la correa. Tomó el desatacador que estaba colocado al lado del inodoro. Lo lanzó. Me pegó en la cabeza. No traté de evitarlo.

–A ver si escarmientas y aprendes a portarte bien. –Dio un portazo y salió.

Nos acostamos en silencio. Me dolía la espalda. No llegué a dormirme hasta bien entrada la madrugada. Salía el sol cuando oí a mamá entrar sigilosamente en la habitación. Cerré los ojos. Pretendí estar dormida. Se puso de rodillas al lado de la cama. Susurró:

–Se me fue la mano, perdóname.

No le respondí. Me prometí a mi misma, no confesar mi culpa hasta que cumpliera la mayoría de edad. Nunca llegué a comprender por qué mamá se había mostrado tan severa. Sólo sabía que tenía que ser de esa manera.

Transcurrieron los años. A veces por maldad, durante alguna reunión familiar Betty o Emile decían:

–Que confiese el que puso la mano en la pared.

Uno a uno movíamos la cabeza negando con complicidad el delito. Después, un charco de silencio amargaba el tono de la cena.

En noviembre del 74 cumplí veintiún años. Volvía a casa del extranjero para celebrar la Navidad en familia. Durante el brindis, anuncié que tenía algo muy importante que comunicarles. Mamá interrumpió abruptamente:

–Sí, ya sabemos, que te han admitido en la Escuela de Medicina de Harvard.

Estaban de buen humor, rieron.

–No, no es eso.

Miré directamente a papá como interrogándolo.

–¿Sabes una cosa, papá? Fui yo quien puso la mano en la pared aquella vez...

Mis hermanos se pusieron a reír como cuando eran niños, tosiendo y atragantándose de risa. Papá bajó los ojos sin responder.

Mamá se puso de pie, con la mano en alto caminó como en cámara lenta hacia donde yo estaba sentada.

–Insolente.

Sujeté su diminuto brazo. Le dije con convicción:

–Esta vez no, mami.

La mantuve inmóvil por un largo instante. Después, subí a mi habitación, recogí mis cosas y me fui.

La caída

La relación se había empeorado con los años. Ella se escondía en su consultorio y yo viajaba por Europa cada vez que se me presentaba la oportunidad. España era casi siempre mi destino. Allí me había doctorado y tenía un amplio círculo de amistades.

En el verano del 97 me encontraba en Madrid terminando un manual para extranjeros sobre el uso del subjuntivo. Los conflictos entre Jana y yo eran como una sostenida neblina que no se despejaba. Decidí llamarla a su refugio en las montañas. Le propuse que nos fuéramos a algún sitio exótico para dialogar sobre las dificultades de nuestra relación.

–Como tú quieras. ¿Cuándo?

–Dame un par de días, y te llamo con el itinerario.

Ella, sin duda, pensaría que el viaje no se realizaría, segura de que "como siempre" me distraería con el trabajo o que terminaría sintiéndome abrumado por las numerosas ofertas ofrecidas por las empresas turísticas y sin decidirme por ninguna.

Tenía razón. Me sentí abrumado, pero no cedí ante el pánico que me invadía. Finalmente di con una agencia de viajes que ofrecía un recorrido en autocar de catorce días por Marruecos. No investigué por los detalles y la naturaleza del recorrido. Pagué y con los billetes en la mano llamé a Jana para darle los pormenores del viaje.

–¿Y me dices tú, que no sabes cuáles son las ciudades que vamos a visitar? –Preguntó, más que nada, para subrayar mis habituales despistes.

Una semana más tarde nos encontramos en Marbella de madrugada para abordar un autocar que nos llevaría a una embarcación en la que cruzaríamos el Estrecho de Gibraltar. Me sorprendió que el autocar estuviera completo. Descubrí que viajábamos con un grupo de una iglesia evangelista puertorriqueña.

–Bienvenido helmano, que Dios lo bendiga.

No respondí. Siempre he velado por mi intimidad y para suerte nuestra los dos primeros asientos estaban disponibles. Allí nos instalamos y desde allí pensaba disfrutar los catorce días que para nosotros serían como una luna de miel.

Los evangélicos formaron un círculo mágico en el estrecho pasillo del autocar. En un gran abrazo circular pidieron a Jehová un viaje sin dificultades.

–Amén.

Por la madrugada, lo que ya era hábito para mí, subí a la guagua-como decían ellos –una hora antes de que partiera para poner algunas de mis cosas en mi asiento preferido y así reservarlo de manera informal. En uno de los asientos coloqué cuidadosamente un jersey antiguo de mis años universitarios. En el otro, estratégicamente, puse una novela que mi mujer ya había leído y unas revistas tomadas prestadas del lobby del hotel. A ella mis decisiones le parecían siempre puras tonterías. Cosas de hombres, decía.

–¡Qué más da un asiento que otro!

Más tarde, al subir al autocar, observé que un hombre grueso y corpulento ocupaba mi asiento. A su lado, una mujer con el pelo oxigenado. Miré al grupo de evangelistas como buscando una respuesta. Ellos parecían evitar la interrogación de mis ojos. Uno de ellos me explicó en voz baja que el señor era el jefe de la policía en su pueblo. Insistió en que no pensara que todos los puertorriqueños eran iguales.

–Somos gente cristiana, practicantes y respetuosos con el prójimo.

Resignado, me acomodé lo mejor que pude en mi nueva plaza. Ya en camino se me ocurrió jugarle una broma al tipo que ahora ocupaba mi asiento favorito. Tenía que hacer algo para aliviar la frustración de no haberle podido decir al policía:

–Pero usted, ¿quién se cree que es?

Le pregunté a mi mujer:

–¿Llevas algo rojo en la cartera?

–No sé, ¿para qué?

–¿Cómo que para qué? Le voy a echar bilongo al tipo ese que nos quitó el asiento.

–¡Qué tonto eres!

Abrí el pañuelito rojo que Jana me había entregado. Puse dentro unas monedas de un centavo y escupí en ellas. Lo apreté todo en un nudo.

–Santa Bárbara bendita que en el cielo estás marchita; San Lázaro, ley de los leprosos, que se muera ese cabrón y que yo recupere el asiento que me pertenece. Amén.-Reí.

La mañana siguiente sólo la mujer rubia oxigenada ocupaba unos de los asientos. El otro, vacío pero con un jersey y un libro encima.

En mi mejor tono socarrón le pregunté:

–¿Estará indispuesto el señor policía?

–Sí, lo está. Algo que le sentó mal anoche.

–¿Y le molestaría a la señora cambiar de asiento con nosotros?

–Pues claro que me molestaría. ¿Piensa usted que yo soy boba o algo por el estilo?

La tensión en el autocar se convirtió en silencio. Avergonzado volví a mi asiento. Mi mujer dijo entre dientes:

–¡Qué inmaduro eres! A ver si finalmente te enteras por qué tú y yo no podemos entendernos.

La agencia de viajes había programado, entre otras, un paseo en coche de caballos por la Medina de la ciudad. Mi mujer se retrasó vistiéndose, por lo que fuimos los últimos en llegar. Nos esperaba un último coche de lo que parecía una caravana. Subimos, felices de no habernos perdido el recorrido. Desde la calle, alguien sofocado gritó:

–¡Esperen, esperen que ya llegó!

Era el policía gordo. Su rubia mujer ausente. Se montó con gran dificultad.

–¿Su señora, no lo acompañará esta noche?

No me respondió. Se instaló a sus anchas. Mi mujer, siempre ecuánime y paciente, pero molesta por el contacto físico del hombre, se mudó a un pequeño asiento enfrente de nosotros. Debido al sobrecargo no podíamos seguir el paso del resto de la caravana y casi llegamos a perderlos de vista. El cochero era un marroquí pequeño y muy hablador. Por señas me indicó que subiera al alto escaño desde el cual controlaba a su mal alimentado caballo. Hablando en francés sugirió que iríamos más rápidamente si le quitábamos un poco de peso a la parte trasera del coche.

Yo, que le tengo miedo a las alturas, pretendí no comprender lo que decía. Le indiqué por señas que me mostrara cómo subir al escaño. Inesperadamente, como tomando control de la situación, el policía se puso de pie. Crujió el armatoste del coche.

–Pues yo me subo. Estoy entrenado para estas cosas.

El coche volvió a crujir. En un instante, algo fuera de mi control tomó posesión de mí. Yo también me puse de pie. Insistí en subir al escaño. Comencé a forcejear con el hombre con el mismo espíritu de aquel que insiste en pagar la cuenta sin querer hacerlo. El cochero paró abruptamente el vehículo, y el voluminoso policía, perdiendo el equilibrio, cayó en la estrecha calle adoquinada de la Medina.

Para esto, señor jefe de la policía, pensé yo complacido, seguro que no le dieron suficiente entrenamiento.

Mi mujer, decidida, sin decir una palabra, se bajó del coche y se perdió en el misterioso mundo de la Medina.

Me llevaron a la Comisaría. Según el policía de guardia, el puertorriqueño había declarado desde su cama en el hospital que yo lo había empujado con intenciones homicidas.

Maletas

Soy una maleta. Me engendraron en un país de Asia los llamados seres humanos. Matsuzaki & Co. Ltd., Tokio, fue donde nací. Nos crean sin darse cuenta de que en el momento en que se solidifican las "moléculas polémicas" que nos componen cobramos vida.

Pertenezco a una clase social, por así decirlo. Soy una ETINOSMAS y esto me identifica y clasifica dentro del universo de las maletas. SAMSONITE es el término utilizado por los seres humanos. Pertenezco a la clase alta, consecuentemente, me obligan a viajar con frecuencia.

Tengo un amo. Es médico de profesión, pequeño y meticuloso. Viaja constantemente y esto nos causa, especialmente a mí que soy su constante compañera de viaje, lo que nosotras llamamos DADEISNA y OTNEIMIRFUS.

El mundo de las maletas está lleno de divisiones y resentimientos. Las que están hechas de plástico, como es mi caso, somos las más dominantes. Casi todas somos de un mismo color, grises, y aunque no podemos comunicarnos, sentimos que las blancas nos envidian. Nosotras, las ETINOSMAS, menospreciamos a todo el género maleteril, especialmente a las de color rojo, las más manoseadas por el género humano. Las apodamos SATUP. Nos causan también mucho disgusto las de cuero. Nos ofende su olor a muerte. Los humanos, al contrario, las aprecian por su olor.

Cuando nos obligan a viajar juntas, activamos un sistema secreto que nos permite odiar. Sólo les puedo decir que es una especie de energía que, a veces, puede llegar a extremos muy peligrosos. Son las llamadas explosiones que los seres humanos califican como "actos de terrorismo". Es así como expresamos nuestro odio hacia los que nos crearon. Es nuestra única forma de venganza. La historia a continuación les ayudará a mejor comprender el universo maleteril.

Llevaba más de seis meses encerrada en un sótano seco y polvoriento. Una tarde, mi amo bajó a recogerme sin tomar en consideración los graves efectos que todo tipo de movimiento nos inflige. Me limpió con un trapo húmedo. Mal augurio, cualquier tipo de líquido o movimiento nos revuelven las moléculas, nos descomponen, nos confunden. Sólo al pasar varios días inmóviles nos restablecemos y volvemos a sentirnos estables o equilibradas.

Me mantuvo parada en una esquina de su habitación por varios días. En esa posición, anormal para nosotras, sólo podía sentir la oscuridad del techo o los extraños ruidos que emitían mi amo y su mujer desde la cama cuando cesan de existir por la noche.

Un día, me abrió y permanecí en esa posición por largo tiempo. Estar abierta es también difícil para nosotras. Sentimos que nos desintegramos. Sólo nos sentimos completas cuando estamos herméticamente cerradas y lejos de todo ser humano que también huelen a animal muerto.

Comenzó a llenarme lenta y sistemáticamente. Doce camisas colgadas en perchas de metal. Las perchas pertenecen a otra especie que nosotras también detestamos. Ellas, al igual que nosotras, prefieren estar solas y libres de contactos con sus creadores.

Otro día, me llenó de objetos raros: calcetines, calzoncillos. Al fin de un viaje todas estas cosas apestan. DADEISNA. Introdujo dentro de uno de mis secretos escondrijos una caja de condones (en más de una ocasión los ha desechado dentro de mí llenos de baba). El olor que emiten es muy extraño para nosotras, nos causa OCSA. Hay algo en ese olor que nos recuerda la época de nuestra propia creación. AZETSIRT.

Tomó siete días para llenarme de objetos: cuadernos, bolígrafos, todos expresamente seleccionados (Pilot V5. Extra Fine); corbatas de seda en las que él cuidadosamente dispuso la parte más estrecha dentro de la cinta que decía "100% pure silk. Made in Japan".

Llegó el temido día del viaje. Me colocaron sin consideración alguna en la parte trasera de una furgoneta. Parada, por falta de espacio. AICNEICIFE. A mi lado una maleta roja y pequeña se frotaba conmigo. Impotente, pensé: "AICUS". Otra de cuero apestaba a muerte. Otra, blanca me observaba, odiándome tanto como yo a ella.

Reflejado en la ventanilla de la furgoneta, brillaba la calva de mi amo. Había entablado conversación con una REJUM. Intercambiaron papeles con números y letras. He sido testigo en otras ocasiones de este tipo de actividad. Casi siempre resultan en que yo pase noches en hotelitos de segunda clase. Allí ellos hacen el ROMA-OXES. En una ocasión, una de estas SEREJUM, decidió limpiarme y frotarme con un líquido color azul. XEDNIW. DADEISNA.

El viaje a NIAPS fue largo, recargado de energía, resultado del odio molecular de 300 maletas frustradas e impotentes. Lo que nos salvó de la catástrofe fue la nueva práctica de colocarnos de lado, disminuyendo así nuestro potencial explosivo. No pudimos explotar a pesar del odio que nos consumía.

Aterrizamos en SAJARAB. Nos maltrataron. Nos lanzaron, nos dejaron caer, nos patearon sin ninguna consideración. Trataron de forzar mi ARUDARREC (ojos), pero no lograron abrirme porque llegaron otros humanos con unos sombreros que parecían tricornios.

Mi amo no los notó. Tres humanos en la sala de espera me observaban codiciosamente. Un hombre, una REJUM y un niño. Moreno y simpático, saludó a mi amo con un "hola" profesional. Él le respondió con un "hola chaval" cortés. La REJUM pertenecía al subgénero humano de "bonita". SALLEB en nuestro sistema comunicativo. Mi amo se distrajo. Yo quise alertarlo, pero lo único que logré fue aumentar mi odio.

En el preciso instante en que subíamos a la AUGAUG que nos transportaría a la ciudad, el niño se interpuso entre mi amo y yo, como jugando. La mujer, parada detrás de él, con aire seductor, lo tocó en el hombro.

–¿Se dirige al Centro?

El alagado:

–Sí.

Sin embargo, al volverse notó que yo no estaba.

–Carajo, me han robado la maleta.

Confusión, gritos. Me transportaron a un hotel nada deseable. Me NORALOIV. Forzaron mis ojos, me vaciaron. Me sentí mejor, pero, por desgracia, me dejaron abierta y desorientada. No encontraron lo que buscaban. Me patearon frustrados, coléricos.

Más tarde fueron arrestados por la policía, gente extraña decorada con chapas de metal y armas que truenan como los motores de un avión. Me llenaron de objetos de otras maletas también robadas. La invasión de nuevos olores incrementó mi odio (especialmente el olor a REJUM, el menos deseado por mi género). Nos colocaron en una furgoneta para el transporte de detenidos. Por primera vez, desde mi creación, observé al ser humano tratado como a nosotras. En ese momento mi odio disminuyó, aunque por poco tiempo.

Me trasladaron a la ADAJABME que representaba al país de mi amo en NIAPS. Allí estuve depositada por más de dos años. Llegamos a hacer explotar una de las ventanas del edificio. Hubiéramos preferido aniquilarnos todas, pero nos faltaba energía suficiente. Éramos pocas.

Después de más de 720 días de odio mi amo me recogió. Lo motivaron unos artículos que quedaban dentro de mí. Poemas, calzoncillos, “Fruit of the loom”, calcetines, fotos, una carta perfumada.

Mi amo se ha comprado una nueva maleta. Una YEESLED (Época New Primium De Luxe). Es negra con una raya roja muy fina que la atraviesa como una cicatriz. La raya me confunde, me parece rara y decadente.

Me han retirado. Vivo en el ático de la casa del amo. Podía ser feliz ya que estoy cerrada y vacía. En mi interior sólo queda parte de un documento[1], pero me mantienen parada y así continuo acumulando esta energía que ustedes llaman odio y nosotras OIDO. Anhelo la no existencia de todo lo que me rodea, pero sola no puedo hacer nada.

[1] 5 AÑOS DE GARANTÍA

La garantía no cubre:

–Los accidentes ni el desgaste por el uso. En caso de accidente, responsabilice a la compañía de transporte.

–Los daños causados a la maleta a consecuencia de la exposición a una fuente de calor.

–Los daños causados por el uso de productos disolventes.

En ningún caso la garantía puede dar derecho a daños y perjuicios. En caso de retorno a la fábrica, la maleta debe ser expedida franco puerto y en un embalaje adecuado, siempre que no sea otra maleta.

Monólogo del Dictador frente al balcón

Why did you wish me milder? Would you have me
False to my nature? Rather say I play
The man I am
SHAKESPEARE, *Carolanus*

Había una vez una república, con su Constitución, sus leyes y sus libertades. Todo el mundo podía reunirse, asociarse, hablar y escribir con entera libertad. Ahora me asomo al balcón y veo las calles de la capital repletas de ciudadanos armados de garrotes y cachiporras. "¡Todo es engaño! ¡Abajo la revolución!", gritan desaforados, mientras amenazan con piedras a mis aviones e intentan volcar los tanques boca arriba. Me amenazan a mí. Ingratos. Hay escasez, pasan hambre. Piensan que los graneros del Estado están repletos de arroz y frijoles. Yo les digo que cuando no hay pan, se come casabe. Piensan que vivo cómodo en el palacio, protegido por toda clase de garantías. Piensan que les he abandonado, que he abandonado el sueño. Se quejan de que las leyes son opresivas, que he llevado al poder a un grupo de hombres sin escrúpulos, desprestigiados, corrompidos. Denuncian que me he convertido en un dictador. Dicen que de mi boca vierte un chorro de mentiras y calumnias. Soy el enemigo. Dicen que mi lenguaje es torpe, odioso y repugnante. Los anónimos anuncian que me matarán porque estoy manchado hasta el pelo de la sangre de muchos torturados y asesinados. El tumulto no me escucha. Yo, que he sido su hermano, su defensor. Me pregunto para qué tanto garrote y cachiporra.

En otra época, mi mera aparición en público era suficiente para calmar a esta chusma. Este tumulto de voces oscuras e insultos. Al principio bastaba con mis promesas: "A los seiscientos mil ciudadanos que están sin trabajo, deseando ganarse el pan honradamente sin tener que emigrar de su patria en busca de sustento, cuyas viviendas son las infernales habitaciones de las cuarterías, cuya vida es el trabajo perenne y cuyo descanso es la tumba...". Entonces bastaba con un discurso así, pero mis palabras ya no tienen efecto y de nuevo escucho las duras voces del pueblo, reclamando pan, pan, pan; aunque tan sólo sea un pedazo de pan.

He tratado de calmarlos explicando, justificando, diciéndoles, que no les vamos a dar, que ellos tienen que luchar con todas sus fuerzas para que sea suya la libertad y la felicidad. Les explico que el Partido es como la tela que une a la humanidad, les explico que uno no puede ser independiente del otro, y me llaman demagogo.

Entonces bastaba con un discurso así: "Estableciendo, como ordena la Constitución, un máximo de extensión para cada tipo de empresa agrícola y adquiriendo el exceso por vía de expropiación, reivindicando las tierras usurpadas al Estado, desecando marismas y terrenos pantanosos, plantando enormes viveros y reservando zonas para la repoblación forestal. Hay piedra suficiente y brazos de sobra para hacerle a cada familia una vivienda decorosa". Y cuando piden explicaciones, les decía: "Cálmense, compañeros". Levanto el dedo para enfatizar y continúo: "Veo que en varias partes ustedes protestan contra mí. Contra mí, que bajo este sol tropical les protejo de ustedes mismos, pues si no se comerían los unos a los otros (claro, esto no lo digo, lo pienso). Sus peticiones serán estudiadas, sus derechos serán respetados, podrán elegir los diputados". Aunque bien sé que el poder en las manos del proletariado nos traerá otra insurrección. No hay más remedio que aplacar a esta multitud charlatana y estéril.

¡Qué saben ellos de mi vida! Mi mujer se pone triste y temerosa cada vez que se desata una nueva insurrección. Mi madre (también tengo madre, coño), para consolarla dice que cuando yo era un niño mi piel era tan suave como el vientre de un gato. Cuenta que fui el único ser que residió en su útero, que después crecí tanto como un oso y que los ojos del pueblo me perseguían, celosos de mi confianza y gallardía. Fue difícil para ella entregar su único hijo a la guerra, pero fue ella quien me llevó a la primera reunión del Partido. Cuenta mamá que yo siempre volvía de la lucha con las encías salpicadas de lodo y sangre, pero siempre más fuerte y triunfante que antes. Una vez la escuché decir a alguien que yo era fuerte como la ceiba y que estaba sediento de sangre como una fiera. "Es mejor sacrificar un hijo por la patria que estropearlo con el lujo y la pereza", insistía ella.

Mi mujer (también tengo mujer, carajo), me espera siempre vestida de verde olivo en el dormitorio que mira hacia el ardiente sol tropical, pero en una ocasión me desobedeció. Mis enemigos la persuadieron de que abandonara el antiguo palacio presidencial. Ella se resistió, según dicen los testigos. Dijo que no innumerables veces. Dijo que no se movería de allí hasta que yo regresara triunfante del ataque al cuartel. Pero lograron convencerla. Seis meses de ausencia eran demasiado para ella. Por fin accedió a salir en mi búsqueda. Se burló de mis explicaciones. Yo había pretextado que estaba herido en un hospital del campo. Ella me encontró en el catre de campaña mal acompañado. Traté de explicarle que había sido un momento de flaqueza, una debilidad mía. Pero no logré convencerla. Después la sometimos a tratamientos especiales en el extranjero. Tomó mucho tiempo en recuperarse, pero no me ha perdonado.

El ataque al cuartel fue feroz. Los enemigos, al final, se retiraron a sus trincheras. Yo fui el líder y el guía del grupo. Los perseguimos hasta las afueras de la ciudad. Con sólo la mano izquierda fui capaz de mantenerlos distantes y temerosos hasta que llegaron los refuerzos. El ataque se realizó con una magnífica coordinación. Comenzó simultáneamente a las 2:24 de la mañana en el norte y en el sur y, uno a uno, con la exactitud de minutos y segundos prevista de antemano, fueron cayendo los edificios que rodeaban al campamento enemigo. Después lo arrasamos todo. Violamos a las mujeres enemigas (para que aprendan), pero la primera virgen encontrada y examinada por el médico forense fue reservada para mi gozo y placer.

Nos reunimos en la plaza de la revolución de un pueblito en un acto cívico, para celebrar el triunfo de la batalla. Escuché los sonidos de las marchas revolucionarias en la distancia homenajeándome. "Adelante, adelante ciudadano, adelante". El hecho es el efecto, pienso. Un parte oficial y confidencial me informó poco después que un general de la revolución del 96 me envidiaba y que había hecho declaraciones oficiales sin mi permiso. Confirmaba que parte de lo confiscado en la batalla era para él y sus tropas como recompensa por el acto heroico de sus hombres al principio de una batalla. Lo hice venir a mi despacho. "Gracias, mi general, pero la conciencia me dicta que eso no puede ser. Sé que un soldado es un hombre de carne y hueso, que piensa, que observa, y que siente. Es susceptible a la influencia de las opiniones, creencias, simpatías y antipatías del pueblo. Niego todas sus peticiones". Pero él, testarudo, insiste. Sus tropas obstinadas continuaron alabando su nombre, ondeando las armas y banderas, insistiendo en que no se podía negar que se habían sacrificado por el Estado. Fue entonces cuando se me ocurrió la idea de otorgarles medallas. "Que conste ante todos que se les entrega esta insigne medalla por el noble acto de servir a la patria con destreza y valor, porque han sido valientes en el campo de batalla". Nunca un general de esta revolución fue más generoso con el adversario. La noticia, aparentemente, causó gran regocijo en toda la ciudad. Por las calles de la capital, largas congas formadas por las masas menearon la cintura, como aplauso a la entrega de las medallas. Tomé aquella decisión contra los consejos del ministro de cultura quien trató de convencerme de que estaba equivocado.

Entré al Palacio con las hojas de laurel todavía frescas

sobre mi cabeza, Me esperaban mi madre y mi mujer. Ésta me besó en la frente, bajó sus labios por el puente de mi nariz hasta llegar a mis encías impregnadas de lodo y sangre, las lamió lentamente y cuando quedó satisfecha me saludó al estilo militar: "Bienvenido a casa, comandante. ¡Patria o libertad! ¡Venceremos!". Me di cuenta entonce de que casi había recobrado su amor. Mi madre nos observó recelosa. Era la primera vez que la había visto llorar. Le dije, resentido: "Si hubiera llegado en un ataúd te habrías muerto de risa. Maldita, lloras en mis triunfos. Ya no te quiero".

La situación ha empeorado. La falta de disciplina del ejército me convence de que todos los esfuerzos que hago para mantenerme en el poder legalmente son inútiles. Pero si yo soy el Comandante en Jefe, si soy el Partido, carajo. Manipulé las elecciones, compré votos y hasta soborné con botellas de ron a los más fieles miembros del Partido. Pero mis acciones no fueron bien recibidas por el pueblo. La chusma se desbordó por el malecón de la capital para protestar. Se sentían humillados, ofendidos. Sentí que mi espíritu se cerraba como una herida mal cicatrizada. Lloré, barrí los recovecos de mi alma y decidí mantenerme en el poder. No había otra solución. Mi propósito, como verás, querido lector, no es el de entretenerte con narrativas épicas. Todo cuanto he dicho es necesario para comprender a un líder que ha sido obligado a vivir por más de 145 años al timón de un barco que no fue diseñado para navegar por el mar sino por el río Almendares.

No están satisfechos con mis decisiones, aunque me lo ocultan. Pero sé cómo enterarme de lo que piensa el pueblo. Con sólo entrar en cualquier retrete público, descubro en las paredes malolientes todo lo que intuyo en sus miradas esquivas. Decido cambiar de estrategia. Culpo al mismo pueblo. En uno de mis largos discursos, califico de pueril su comportamiento social. Los llamo esclavos del imperialismo y de las malas costumbres. Les explico que cuando se muere en brazos de la patria agradecida la muerte acaba, la prisión se rompe, empieza al fin con el morir la vida. Doy significados nuevos a antiguas palabras. Invento neologismos: airocse, onasug, solam. Organizo actos de repudio. Exijo actos de contrición en masa en la sede de la Unión de Intelectuales del país. Declaro que habrá elecciones y me eligen por quinta vez. Me afianzo al poder. Después de tanto sacrificio, ¿qué otra cosa podía hacer? ¿Dónde podría vivir que no fuera en esta isla tropical, a la cual le he dado tanto encarcelado?

Obligo al pueblo a flagelarse por las amplias avenidas de la capital. En los mítines de los Comités para la Defensa de la Revolución, a los niños de un kindergarten los obligo a que se llamen gusanitos los unos a los otros. Uno de ellos, el más atrevido, se pone a defenderlos diciendo que son defensores de la naturaleza. Mis oficiales lo expulsaron y descubrieron que era hijo de uno de los generales de la revolución del 59.

El día de mi reinstalación como presidente no lograron reunir un millón de personas en la plaza de la revolución, tal como yo había ordenado. Sólo veinte mil militares vestidos de guajiros. Discursos: "Para él que comenzó a servir a la patria cuando apenas había sido separado de la teta de su madre, depositamos este bucle de su cabello heroico en la cúpula de este capitolio, símbolo noble de nuestros derechos". Yo respondo, levantando y moviendo los brazos para enfatizar mis palabras: "Este discurso, como habéis dicho, es el más importante que se ha pronunciado ante un pueblo desde que se instauró la revolución. Lo que yo diga aquí quizá se pierda en la conjura de silencio que me ha querido imponer el enemigo, pero sobre lo que ustedes hagan la posteridad volverá muchas veces los ojos". Aplausos y vivas.

Todavía quedaban algunos por el país que arengaban a la insurrección y a la violencia. Disidentes que pronosticaban mi caída. Entonces ordené que se racionara todavía más el frijol y el arroz, y hasta la leche, coño. Déspota, me llamaban en los periódicos clandestinos. A veces, conduciendo por las oscuras calles de la capital, observaba una T mal escrita en alguna pared desconchada. Entonces ordenaba parar el coche blindado para averiguar si el pueblo realmente me odiaba. "Pero si esto no puede ser, compañeros". Mientras la escolta me observaba en silencio daba la orden y bajaba. Un grupo de hombres, invisibles en la distancia, me gritó en una ocasión: "Devuélvele al pueblo su libertad, pendejo! ¡Traidor!". Ordené que dispararan, pero la escolta se alejó silenciosa. Indiferentes a mis órdenes, orinaron contra un muro en ruinas, sin siquiera mirarme.

Cambié la estrategia. Comencé a hablar de paz. Dialogué con el enemigo. Recompensé a varios con fincas de recreo. Les ofrecí toda clase de prevendas con porteros, criados y guardaespaldas. Repartí nuevos cargos por consulados y embajadas. Decreté que desde entonces en adelante la autoridad estaba en las manos del pueblo. "Hoy, día del Rebelde Caído, 24 de julio de tal y tal, declaramos por decreto oficial que a partir de este momento solemne el poder está en las manos del heroico pueblo". Sello, firma.

Se desató una furia por parte del pueblo. Algo no esperado por el Partido. Decían que no aguantaban más, porque yo me burlaba de ellos. Entraron en palacio, trataron de ocuparlo. A mí me correspondió defenderlo con sólo diez hombres: es allí precisamente donde se inicia el combate, al encontrarme con una patrulla enemiga de recorrido exterior armada de ametralladoras. La escolta de reserva, que tiene casi todas las armas láser, pues las convencionales van a la vanguardia, toma por un pasillo equivocado y se desvía por completo dentro de un edificio que no conoce. Debo aclarar que no albergo la menor duda sobre el valor de esos hombres extraviados. Sufren gran angustia y desesperación Fui detenido. La furiosa multitud me llevó hasta el borde de un precipicio. Me gritaban, "¡Criminal¡ ¡Asesino!", pero yo no entendía por qué, si he sido como un padre para ellos. Pedían piedras. No sé cómo saqué fuerzas para extraer la espada ceremonial, herencia de mi abuelo español y que siempre llevo a la cintura. Reinaba el silencio. Torciendo un poco la boca, como cuando estoy delante de las cámaras de televisión, los acusé de ingratos. Ingratos, les repetí. Les recordé el pasado, los crímenes del anterior dictador. Les recordé los vejámenes y maltratos del otro en los calabozos. Les evoqué la pobreza anterior a la miseria presente, el desempleo, la ruinosa educación, la mala salud del pueblo, las viviendas por construir. Les recité estadísticas. Les dije que ya no escondería jamás mis verdaderos sentimientos. Les aseguré que estaba cansado de sufrir en silencio, que les sería honesto aunque les causara dolor. Les recordé la antigua canción americana "*you always hurt the one you love*". Cantando, como un encantador de ratones, me siguieron hasta la estatua al glorioso Soldado Caído y, bajo el sofocante calor tropical, me juraron fidelidad de nuevo.

Pero no cesan los problemas y aunque tengo al pueblo en mis manos, varios oficiales del ejército se niegan a respaldarme. Les he ordenado que se mezclen con el proletariado, que hagan trabajo voluntario, que se acerquen a sus hermanos. Les he implorado con mi mejor voz de actor. Uno de ellos, un oficial joven, dijo: "Comandante en Jefe, ordene." Aproveché la oportunidad, lo presenté a la multitud sudorosa. El trató de imitarme, levantando el dedo para enfatizar, frunció el seño, hizo muecas con la boca. Pero la reacción del pueblo fue inesperada. Gritaban, "¡Pendejo! A nosotros sólo nos manipula el Comandante! Tú lo que quieres es estar en la papa. ¡Mascarita! ¡Traidor!" El joven oficial perdió su ecuanimidad. Descontrolado, insultó al pueblo, pero sus palabras se ahogaron ante las voces que reclamaban paredón para los oportunistas y revisionistas. Tuvimos que hacerle juicio y en nombre de la revolución decidimos no fusilarlo, pero sí exiliarlo. El joven oficial me gritó desafiante que me quedaría solo y desamparado. Tuvo la osadía de escribirme desde el extranjero, diciendo que es más honroso llevar arriba un trapo de cocina que un uniforme de revolucionario.

La reacción de mi madre, al volver yo al antiguo palacio presidencial, me sorprendió. Dijo que mi comportamiento había sido un bochorno para la revolución. Me calificó de cobarde y declaró que ya no me consideraba hijo suyo. Y todo ello sólo porque varios de mis generales decidieron acompañar al joven oficial al exilio. Decepcionado, les grité desde el balcón: "Solavaya". Mi mujer fue la única que aparentemente no me juzgó. Estaba embarazada y parecía no tener conciencia de lo que ocurría a su alrededor. Le pedí que, al menos, me sonriera con su sonrisa más genuina, que me dijera que me amaba. Ella me respondió distante: "No sabría cómo decirlo". Fue entonces cuando decidí adentrarme en los problemas que me rodeaban. Quise descubrir, por fin, quién quiere a quien, quién elige a quien. Traté de resolver el clásico problema del huevo y la gallina.

Una noche, mientras la escolta orinaba contra un frío muro del palacio, me escabullí de su vigilancia y salí por primera vez del edificio, solo, disfrazado de campesino. Quería ver y caminar por las calles de la capital que en una ocasión habían sido mías. Vi los estantes de las bodegas vacíos, vi edificios despintados, vi en cada esquina un coche roto, vi un perro tratando de beber de una cañería mohosa. Vi que no quedaba nada y que todo eran ruinas.

Al azar, toqué en una puerta. "Compañeros, yo soy aquel humilde ciudadano que un día se presentó inútilmente ante los tribunales para pedirles que castigaran a los ambiciosos que violaron las leyes e hicieron trizas nuestras instituciones". El ciudadano me respondió: "Pase adelante ¡Patria o libertad! ¡Venceremos! ¡Hasta la victoria siempre...!" Lo interrumpí: "Conmigo no tiene nada que temer, sea sincero, que con la revolución todo, sin la revolución nada".

La noticia de mi salida corre de boca en boca por toda la

capital. Me quieren y me necesitan. Creen en mí, como creyeron al principio en la revolución del 59. "Tenemos que recuperar lo nuestro. Es legítima la resistencia para la protección de los derechos individuales y, si la insurrección fracasa, no existirá tribunal que ose declarar que no hubo conspiración o atentado contra la seguridad del Estado, porque el gobierno era tiránico y la intención de derribarlo es legítima. Cargados de cachiporras, garrotes y escopetas antiguas de caza nos alzamos. Nos vamos a la montaña más alta de esta isla tropical donde todo comenzó y desde donde comenzamos a trabajar para la creación de un nuevo tipo de hombre".

Cuando llegó la noticia de mi nueva sublevación a oídos de los antiguos líderes del Partido, ellos, reunidos en sesión plenaria, decidieron, consternados, que no había otra solución que prenderle fuego a la capital y terminar de una vez con la rémora de parásitos voraces que, según ellos, carcomía el andamiaje político, para así devolverle al pueblo su verdadera libertad.

Memorias del dictador. La Habana, 26 de julio año 2045

Hamlet tropical

Dread of something after death
The undiscovered country from whose bourn
No traveller returns
HAMLET

Poco tiempo ha transcurrido desde mi muerte. Mi mujer, mi reina, como la llamo yo, me ha olvidado. Se casa con mi hermanastro. Un hombre muy inferior a mí, no sólo en apariencia física sino también en carácter. Este matrimonio desagrada al pueblo. Sospecha que es él quien me ha asesinado. Opinan que se ha casado con ella para excluir del poder a mi heredero. Mi hijo acepta las acciones de su madre con gran pesadumbre. Mi inesperada muerte a los 146 años evoca en él un estado de profunda depresión. No encuentra placer en ninguna actividad. El día de la boda de su madre aparece vestido de luto. El uniforme de guerrillero teñido de negro. No logran convencerlo para que se vista de forma más alegre. Sufre obsesionado por la sospecha de que ha sido mi hermanastro quien provocó mi muerte. Presiente que su madre es también cómplice en el asunto.

La escolta declara que una noche de guardia en el Palacio a los Héroes Caídos aparecí en forma de fantasma, vestido de civil, con un traje bien cortado, la espada ceremonial de cartón (para que no me corte) a la cintura. Dicen que mi cara expresaba gran pesar. Dicen que levanté el dedo índice para enfatizar. Dicen que la lechuza murmuró algo incomprensible en su extraño lenguaje. Me esfumé sin emitir palabra alguna. La noche siguiente mi hijo decidió pasar la guardia con la escolta. Curioso, espera que una nueva aparición aclare la circunstancia de mi muerte. Efectivamente, aparezco. Le indico por señas que me siga por uno de los oscuros y lúgubres pasadizos que comunican con la alberca. La escolta, temerosa, le sugiere no seguirme. Él responde: "No hay nada que temer del Máximo Líder, mi padre".

Hablo. Le descubro los hechos de mi muerte. Mi hermanastro es el responsable. Un jugo de guanábana envenenado. Muerte instantánea, dolor ninguno. Lamento que su madre se haya casado con mi asesino. Le advierto que actúe con cautela al vengar mi muerte. Él: ¡Comandante en Jefe ordene! ¡Hasta la victoria siempre!"

Mi aparición lo desequilibra. Siente que se está volviendo loco. Decide no esconder su enfermedad, la exhibe por la capital de forma exagerada. Lo hacen examinar en el psiquiátrico. Diagnostican erróneamente que está enfermo de amor por la mulata que le sirve de camarera. Hay un grano de verdad en la equivocación, porque sí está enamorado de una mulata. La hija del Ministro de Turismo.

Parte de Inteligencia Nº 3: "Han canjeado broches y banderitas revolucionarias con intención matrimonial".

En una ocasión se encontraron bajo la Glorieta. Él, triste, melancólico, abusó de ella, la asusto cuando la agarró violentamente por la muñeca izquierda con una mano, mientras que con la otra se cubrió el rostro repitiendo que no puede soportar su presencia. El padre de la mulata, antiguo comandante de brigada, obliga a la joven a presentarse en audiencia ante el flamante líder del país, mi hermanastro. La intención es ponerlo al día sobre el comportamiento antisocial de su hijastro. Le entregan una carta garabateada por mi hijo:

"Duda de que la estrella solitaria esté encendida, duda de la puesta del sol, duda de los mentirosos, pero nunca dudes de que te amo", Concluyen que el muchacho está loco de remate.

Su madre también cree que su locura tiene sus raíces en el amor. Piensa que nuestro hijo pasa por una de esas etapas cuando los varones dudan de su masculinidad. Por eso se esconde tras la máscara de la locura. "Loquitas", las llaman, ¿no?

La hija del Ministro de Turismo accede al encuentro con mi hermanastro. "A ver si le sacas eso del cuerpo al muchacho".

Solos los dos jóvenes. Él se acerca a ella con la cara cubierta por las manos. Habla consigo mismo:

–¿Ser o estar? Tonterías, no hay nada noble en el sufrimiento, cachiporra y garrote para el asesino. Teme la muerte, paraíso del que nadie vuelve.

Ella sigue punto por punto las instrucciones de mi esposa, mi reina. Accidentalmente permite que salte fuera del traje de novia blanco su elástico pecho de ciruela. Se lo ofrece entre sus dos manos como una ofrenda. Lo acerca a sus labios. Espera que este tan generoso acto lo distraiga de sus preocupaciones. Él, descontrolado, reacciona. La llama puta entre las putas. Solloza. Grita: "Las campanas de la sinrazón doblan desafinadas. ¡Patria o libertad! ¡Venceremos!"

Mi hijo tiene sed de venganza, pero su físico no compagina con su naturaleza. Menudo, apocado, fino, casi no parece ser hijo mío. Matar es algo que le causa tanto terror como la locura pretendida que exhibe por la capital. Comienza a dudar la veracidad de mi aparición. Una noche oscura de junio, en la enfermería del palacio confiesa al psicoanalista que a lo mejor todo fue una mentira inventada para mermar su fe revolucionaria.

Una tarde, mientras el pueblo duerme la siesta, él, sentado en el banco de un parque, reflexiona, quiere encontrar pruebas que justifiquen el asesinato de su padre. Un grupo de actores, pasa ante él. Pertenecen al grupo de los que nunca duermen. Tiran de una carreta de cartón que lleva inscrita en letras que parecen rudimentarias: "Teatro del Pueblo". Recuerda con nostalgia una de sus obras favoritas de su niñez: "Muerte de un Comandante". Recuerda el dolor profundo que siente su familia, recuerda la historia del asesino, quien, al presenciar su crimen representado en el escenario, decide confesar públicamente su culpa. Contrata al grupo. Firman el contrato en una servilleta sucia, por si acaso. Solicita representar la obra en un banquete. Explicación: para celebrar la rehabilitación política del hijo del difunto máximo líder. Mi hermanastro accede más para complacer a su/mi mujer que por afición al teatro. Según él, no son más que una partida de maricones que pasa el tiempo interrumpiendo el progreso del país. Mi hijo observa con interés desde el palco oficial el comportamiento de su padrastro. El actor confiesa su culpa: "Sí, fui yo, lo confieso".

Mi hermanastro observa la escena con indiferencia. Relajado, no aparta los ojos del muslo desnudo de la campesina en escena con un cesto de frutas de plástico sobre la cadera.

Interrupción de la obra. Se encienden las luces, cesa la música de fondo:

–Acabamos de recibir un fax: "Insurrección en la región oriental de la isla". El pueblo requiere su presencia, Comandante.

Mi hijo, decepcionado, reflexiona. Ordenan su presencia en palacio. Urgente. Reunión requerida por su padre.

–No es mi padre, el mío murió...

–Lo que tu quieras loquito, el hombre del momento ordena que te llevemos.

La conducta de mi hijo es fuente de comentarios, críticas, burlas en los periódicos clandestinos.

–Que esto tiene que acabarse coño. Que vas por ahí dándotelas de loquito.

Mi hermanastro y el Ministro de Turismo escuchan la conversación entre madre e hijo, ocultos detrás de una cortina.

-Estás dañando la carrera a tu padre.

–Te repito que no es mi padre, el mío... –Se cubre la boca con la mano para no confesar la verdad de mi asesinato, con la otra gesticula.

Ella, alarmada, por lo que no ha dicho. Él la toma por los codos, le grita, le reprocha el matrimonio, la amenaza de muerte. De rodillas, ella le pide perdón. Yo, aprovecho la confusión del momento para hacer mi aparición. Sólo mi hijo puede verme. Esto alarma todavía más a mi mujer, quien lo observa aterrorizada conversando con el espacio vacío que es mi espíritu. Otra prueba de su locura.

–Respete la presencia del Comandante en Jefe.

El Ministro de Turismo, alarmado por lo incoherente de la conversación, se raspa la garganta. Mi hijo saca la pequeña pistola de mujer que lleva guardada dentro de un calcetín.

–Parece que detrás de esta cortina se esconde un perro rabioso –dice. Dispara dos veces, hiere mortalmente al ministro, padre de su novia, que se desploma ruidosamente, aferrado a la cortina que también cae con él teatralmente.

La muerte del Ministro de Turismo le sirve de pretexto a mi hermanastro para desterrar a mi hijo, Se justifica explicándole que necesita protegerlo de la furia del pueblo. Piden paredón, justicia. Lo nombra attaché cultural de un país aliado. Instalado en el avión, revisa los documentos entregados. Dos sobres sellados con lacre rojo, el emblema Patria o Libertad claramente estampado. Los abre sin dejar huella, resultado de dos años en la escuela de espionaje. Dentro, una carta firmada por el nuevo Comandante en Jefe. Confirma que mi hijo debe morir en un accidente de coche en el viaje del aeropuerto a la embajada. Debe morir en compañía de un homosexual escogido al azar, preferiblemente un miembro del ballet nacional. Mi hijo, hábil, altera el documento sin dificultad, cambia su nombre por el del secretario que lo acompaña.

El avión hace escala en unas de las islas del Caribe tropical. Desde allí le envía un telegrama a mi hermanastro: "Conmigo tú no puedes. Stop. En menos de 24 horas estaré frente a ti. Stop. Asunto de suma importancia. Stop. La muerte de mi padre".

Aterriza en la capital a media noche. La noticia de la muerte de su novia es pública. Aparece en los titulares de los periódicos En la Gaceta oficial del partido, entre las largas listas de fallecidos, la noticia de su muerte se destaca en negrilla por ser la hija de un funcionario del Partido. La crónica cita que minutos antes de morir, en la sala de emergencias, confesó su apoyo a la revolución. Aparentemente, deprimida por la muerte de su padre, le había dado por repartir mamoncillos amargos (la única fruta que nos queda) entre los transeúntes: "Para que se les endulce la vida, que la mía es amarga", repetía. Pasaba la tardes en el Laguito, en las afueras de la capital, recogiendo hojas de plátano, arbustos y tejía con ellos coronas al estilo griego. Un día, distraída por estas labores cayó al agua, se ahogó en tres centímetros de agua estancada. Mi mujer, más bien mi ex mujer, es la que pronuncia las palabras de despedida durante el duelo. Arroja simbólicamente unos mamoncillos en la recién cavada fosa.

–Mira, niña, es para que te endulces en el más allá.

El hermano de la difunta, emocionado, salta a la fosa y exclama:

–A mí que me entierren contigo, pionera de mi vida, consuelo de mis desesperaciones.

Mi hijo, contagiado de dolor, sintiendo renacer el amor que había sentido por ella, también se arroja dentro de la fosa repitiendo las palabras del otro:

–A mí que me entierren contigo, pionera de mi vida...

El hermano, pensando que se está burlando de él, le pega un pescozón. Trompadas, galletas, golpes en la estrecha fosa hasta que finalmente se reconocen. Abrazos fraternales, llantos. Se mecen al viento las banderas del amor y la amistad. Despierto, no estoy muerto, aunque sí mojado.

El pequeño televisor de campaña todavía encendido. Fin de la telenovela.

César Tropical

And do you now strew flowers in his way
That comes in triumph over Pompeys blood?
CAESAR

La abrumadora muchedumbre atesta las calles de la capital, espera vislumbrar mi sombra, verme, tocarme como santo de otros tiempos. He derrocado al tirano. Soy su única esperanza, pero no todos comparten mi victoria. Algunos se atreven a escribir contra mí en periódicos clandestinos. El pueblo espera, los combatientes revolucionarios esperan. También espera en las sombras el enemigo, cuyo destino todavía no está en nuestras manos.

El pueblo está alegre. Las bandas militares anuncian mi llegada a la capital "Adelante, ciudadano, adelante", cantan a la llegada del "Máximo Líder", y yo me pregunto a quién se le habrá ocurrido inventar tal cosa. "Decir la verdad es el deber de todo revolucionario". Me parece que habrá que alertarlos contra este exceso de optimismo.

Desde lo alto del tanque Sherman observo a mi hermano, sus tres pelos de revolucionario aferrados a la mandíbula. Observo a la que es ahora su mujer, sus pantalones de hombre, la metralleta recostada contra el seno. La deseo. Veterana de dos años y un mes de lucha en la montaña más áspera del país. El pueblo emocionado grita. ¿Qué esperan de nosotros? ¿Qué quieren? Interrupción. Alguien grita: "Ledif, Ledif". El eco de mi propio nombre retumba dentro de mí. Me estremezco. Levanto el brazo. Ordeno detener la caravana de tanques y soldados barbudos. Consciente, algo teatral, pongo la mano sobre el hombro del muchacho que conduce el tanque. Le digo: "Compañero, detenga el vehículo". Él me obedece maquinalmente, sin titubear. Me pongo de pie, señalo con el dedo al que grita mi nombre. Un negro viejo y desdentado. Lo reconozco. Es el babalao que se incorporó a la tropa al principio de la revolución para después desertar. Pregunta: "¿Es que alguien por no poder llegar a ser ministro intentará ensangrentar o perturbar la paz del país?" Le respondo que hace bien en preguntar porque "así no surgirán la demagogia, el confusionismo ni el divisionismo". Doy la orden de continuar. Ya acabaré yo con todas estas supersticiones de negros. Ellos, parados al borde de las aceras, derraman ron a su Orula contoneando las caderas, coreando rítmicamente mi nombre: "Ledif, Ledif, tú nos haces tan feliz".

Entramos en la capital, triunfantes. No obstante, mis preocupaciones son válidas. Dos comandantes se reúnen sin autorización. Solos, beben en "La Zorra y el Cuervo". Medio en broma, la conversación gira sobre si ya me han coronado emperador. Comentan la lealtad y el respeto que sienten por mí. Resienten cómo el pueblo ha monopolizado mi nombre, Ledif. Uno opina que su nombre es más suave y cadencioso. Asegura entre eructos que el número de sílabas en su nombre pesa tanto como las mías. Esas fueron textualmente sus palabras, según el informe que recibí. Esas confidencias entre ellos es lo que comienza a carcomer nuestra amistad. Son los primeros en "asomar las orejas de la ambición." Después, el parte que me envía la Inteligencia corrobora todo lo intuido. Comienzan las represalias, termina la luna de miel. A uno, al bocón, lo nombro jefe de la sección del Norte. Al otro, la del Sur. Ya en Palacio, destruyo documentos y redacto otros. Son muchos los que pueden llegar a ministros por su honradez o por su capacidad, pero no todos pueden serlo, carajo, no hay lugar para tantos.

El pueblo se alarma cuando llega el segundo ciclón tropical del periodo revolucionario. Los impresionantes relámpagos y el viento avasallador inquietan a este pueblo acostumbrado a la superstición. Imaginan que algún evento catastrófico está por ocurrir o peor, están los cínicos que auguran que no va a ocurrir nada que los saque de la miseria que ya es costumbre de este pueblo hambriento y miserable. Crecen las amenazas. Yo les respondo que "los fusiles no tienen que arrodillarse ante la opinión pública". Continúo paseándome por la prensa y la televisión. Les digo que no temo a nada, a nadie, ni a mi misma sombra, carajo. Por decreto, me declaro Jefe Máximo. Las potencias extranjeras me reconocen, menos los cabrones imperialistas, hacen declaraciones insultantes contra nuestros patriotas revolucionarios que encierran en su contenido una amenaza abierta contra la integridad de nuestro territorio y la soberanía de nuestro pueblo.

La corbata explosiva envuelta en papel de regalo. ¿Por qué no lleva corbata, Comandante? Usted ya sabe cómo es la gente de la Embajada. Siempre seremos un país de guajiros, a menos que nos pongamos el trapo ese.

No logran engañarme. Declaro la corbata como símbolo de decadencia y corrupción. Insomnio. Las noticias que recibo no son de mi agrado. Choques entre marinos norteamericanos y los nuestros. Emboscadas. Provocaciones por parte de ellos. Noches en vela.

Despierto a la enfermera que sirve también de escolta. Una joven menuda, rubia. Le ordeno que prepare un café. Mientras lo hace, le pregunto si cree que llegaré a viejo. Insolente me ignora, no responde. Me entrega una nota. Sale de la habitación sin darme el obligatorio saludo militar. Perplejo la desdoblo.

"No duermas. Despierto llegarás a viejo. Habla sin hablar. Ataca sin reparar".

Murmuro: "habla, ataca, repara". Fuertes golpes en la puerta. "Adelante", digo. Sospecho que son los que preparan mi muerte, se los noto en los ojos enrojecidos por el miedo, aunque aparentemente es para cambiar las sábanas mojadas. La nueva enfermera de turno duerme a mi lado. La observo desde mi cuerpo envejecido, la acaricio. "Disfruta la miel de los que sueñan", susurro. Apago la luz.

Me sorprende mi mujer hablando conmigo mismo. Sospecha mis inquietudes. Me observa con cierto interés.

–Sé que soy sólo una mujer pero intuyo y soy constante. ¿Quien te roba el sueño?

Fuertes golpes en la puerta blindada. Los oficiales de servicio conspiran contra mí. Ella, de acuerdo. Insiste en que no salga de Palacio. Anoche soñé que todos quieren ser ministros. Corría la sangre. Respondo que los cobardes mueren muchas muertes; los valientes sólo mueren una. "La muerte es inevitable", digo sin convicción. Ordeno que me traigan un ñáñigo para que me haga una limpieza. Me aconseja no salir. Insisto, sólo a una reunión del Concejo de Ministros. Responde que es preferible que entre por la puerta grande del centro. Insiste en que anuncie al llegar que me siento indispuesto. "Salga por la misma puerta, mi Comandante, o las consecuencias pueden resultar serias". Entro. Saludo a los ministros que se apresuran a estrechar mi mano. "Sí, un lechón que me sentó mal. No, elecciones no porque en la memoria del pueblo se asocia a la politiquería, injusticias, promesas demagógicas siempre incumplidas, fraude, corrupción, envilecimiento..." Un ciudadano se acerca con una petición bajo la axila, las manos en alto como dicta la ley del 59. Leo: "Recuerda que todos somos uno y desean tu muerte. Patria o libertad".

De regreso a Palacio observo pequeños grupos. Hombres y mujeres parados por las esquinas enarbolan la bandera del odio y el resentimiento, creando así el divisionismo entre el Partido y el pueblo. Desocupados, dibujan grandes T en mayúsculas en las paredes desconchadas de los edificios abandonados. Otros distribuyen pasquines a los indiferentes transeúntes. Descaradamente me pasan uno cuando abro la ventanilla del carro blindado que me transporta. Papel en blanco.

Frustrado, salgo de nuevo de Palacio sin escuchar los consejos del babalao. Él dice que estoy "salao". Salgo sin escuchar las amonestaciones de mi mujer que insiste en que estoy "amarrao". Me presento sin ser anunciado a una reunión plenaria del Partido. La falta de ausentismo me sorprende. Ninguna butaca vacía. Según el protocolo, se acercan uno a uno los Ministros, la mano derecha colocada sobre el corazón. Incrédulo noto a un desconocido bajo de estatura. Se acerca con la mano también colocada sobre el pecho, pero es evidente que esconde una diminuta pistola en la palma de la mano. Dispara pero sólo me roza la oreja izquierda. Me aferro a su pequeño brazo. La escolta responde indiscriminadamente. Casi resulto víctima de tanto fervor. Observo el cuerpo acribillado, lo único intacto es la boca. Confusión. Un miembro del Partido agita los brazos y grita: "Libertad, ha muerto el tirano".

El pueblo me cree muerto. Sorprendidos, aparezco ante ellos en la televisión. Otra resurrección. Otra mesa redonda que conquistar. De fondo la antigua catedral, una luz rosada enfoca la blanca barba y la pistola de reglamento. Digo: "Soy aquel ciudadano humilde...". Aplausos. "Escuchad...". Más aplausos. Silencio. "Con la mano en el corazón os digo, os suplico juzgad con entereza a este pobre soldado que os ama. Creen que me han asesinado y vuelvo a vosotros para anunciar la creación de las nuevas tiendas del pueblo donde se venderán los productos al precio de costo sin la explotación de los intermediarios. Debemos salvar nuestro sistema político porque de extinguirse desaparecerían las conquistas sociales creadas por la revolución".

La voz de la multitud responde: "Cabrón, mentiroso"– Incendios. Bombas. La escolta me obliga a entrar en el coche blindado. Me amonestan: "Ya se lo advertimos, Comandante". Las masas armadas de garrotes y cachiporras desatan su furia por las calles de la capital.

Verbum NARRATIVA

Títulos publicados:

FILOTEO SAMANIEGO:
Sobre sismos y otros miedos.
RENÁN FLORES JARAMILLO:
El oscuro oleaje de los días.
JAIME MARCHÁN:
La otra vestidura.
OSCAR PEYROU:
Máscaras de polvo.
CARLOS M. SUÁREZ RADILLO:
Un niño.
SEBASTIÁN BAUTISTA DE LA TORRE:
La vejez, esa eterna juventud.
JOSEFINA VERDE:
Cuando mueren los delfines.
DORELIA BARAHONA:
Retrato de mujer en terraza.
MANUEL ALBERTO RAMY:
Margarita y otros cuentos de San Marién del Mar.
BJÖRN AFZELIUS:
La Habana era una fiesta.
CARLOS VARO:
Rosa mystica.
JAIME MARCHÁN:
Destino estambul.
CARLOS MANUEL DE CÉSPEDES:
Érase una vez en La Habana.
MANUEL MARTÍNEZ MALDONADO:
Isla Verde.
JOSÉ LUIS PONCE DE LEÓN:
La seducción de Hernán Cortés.
JAIME MARCHÁN:
Itinerario de trenes.
CARLOS MANUEL DE CÉSPEDES:
Zarpazos a la memoria.
ANTONIO JOSÉ PONTE:
Un seguidor de Montaigne mira La Habana / Las comidas profundas.
ANGELA REYES:
Morir en Troya.
GONZALO NAVAJAS:
La última estación.
MARITZA LÓPEZ-LASSO:
Ajuste de cuentas.
EUGENIO SUÁREZ-GALBÁN:
Los potros de bárbaros atilas y otros cuentos.
EVELIO DOMÍNGUEZ:
El héroe del espigón.
FUMIO HARUYAMA:
País con islas.
STELLA DUPUISV:
Memoria de viento.
LILLIAM MORO:
En la boca del lobo.
Premio de Novela Corta "Villanueva del Pardillo" 2004
JAVIER SETÓ:
Soledades, derrotas y otros desconciertos.
FÉLIX BELLO VÁZQUEZ:
Impresiones y estampas de los campos.
MARIO L. GUILLOT:
Iré a Santiago de Cuba.
JAIME MARCHÁN:
Dacáveres.
JOSÉ LUIS GRACIA MOSTEO:
El rock de la dulce Jane.
Premio de Novela Corta "Villanueva del Pardillo" 2005
CONSUELO TRIVIÑO ANZOLA:
La casa imposible.
LUIS A. AGUILAR MONSALVE:
La otra cara del tiempo y otros cuentos.
STELLA DUPUIS:
Teli-Ka Mandir.
FRANCISCO J. SACHEZ GARCÍA:
Tratado geográfico sobre la aversión.
Premio de Novela Corta "Villanueva del Pardillo" 2006
GONZALO NAVAJAS:
En blanco y negro.
ÓSCAR NOGUERA CARRASCO:
Un verdadero Hiroshima.
Premio de Novela Corta "Villanueva del Pardillo" 2007
IVÁN GONZÁLEZ CRUZV:
La isla del olvido.
LEANDRO ARELLANO:
Guerra privada.
JUAN ARCOCHA:
Tatiana y los hombres abundantes.
MARITZA LÓPEZ-LASSO:
Pasión y fe (2ª ed.).

ALFONSO RINCÓN SERRANO:
Botsuana: Memorias del África profunda.
MARÍA DEL CARMEN ARTIGAS:
Grand Hotel.
LUIS MARTÍNEZ DE MINGO:
Pintar al monstruo.
Premio de Novela Corta "Villanueva del Pardillo" 2008
JULIA MIRANDA:
Diario para Uchiram. Cuba 1962-1969.
LUIS A. AGUILAR MONSALVE:
En busca de Sor Edwina Marie.